LE COLLÈGE STANISLAS

1804-1905

CENTENAIRE

DU

COLLÈGE STANISLAS

(1804-1905)

CENTENAIRE

DU

COLLÈGE STANISLAS

(1804-1905)

OUVRAGE CONTENANT 74 GRAVURES DANS LE TEXTE

ET 4 PLANCHES HORS TEXTE

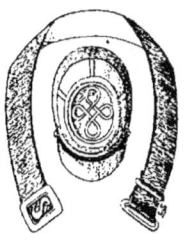 

PARIS

IMPRIMERIE DE J. DUMOULIN

5, RUE DES GRANDS-AUGUSTINS, 5

1905

PRÉFACE

Un bienveillant désir m'est exprimé pour que, vieil élève du vieux Stanislas, je consigne quelques souvenirs en tête du volume où le cher collège recevra d'une élite de ses enfants l'hommage de la gratitude et de la fidélité.

Il y a encore des survivants du temps lointain où, un instant le plus jeune de tous les élèves, je suis entré à Stanislas. C'est à l'un d'eux, comme le duc d'Audiffret-Pasquier et le marquis de Vogüé, de l'Académie française, ou encore comme M. Albert Gaudry, de l'Académie des sciences, que je devrais céder la plume. Ils ont connu, comme moi, l'ancien collège qui, dans ses bâtiments immenses, en comprenait trois : le grand, le moyen et le petit collèges, parfaitement indépendants l'un de l'autre. Avec ses salons dorés, transformés en parloirs, qui rappelaient, disait-on, leurs hôtes d'autrefois, le cardinal de Fleury et l'abbé Terray ; avec ses deux chapelles, ses cours pleines d'air et de lumière, son jardin à la française, son parc planté de grands arbres, il n'était pas un plus beau palais d'éducation à Paris.

En ce temps-là, les trois fondateurs du collège vivaient encore; et les premières générations de leurs élèves, où déjà avaient percé et brillé bien des noms, leur faisaient une couronne. Je me rappelle avoir entendu, avec mes camarades, la messe de l'abbé Liautard, venu exprès de Fontainebleau, dont il était curé, pour bénir sa jeune postérité. Les deux autres fondateurs, l'abbé Augé, qui, je crois, était vicaire général de Mgr de Quélen, et l'abbé Froment, l'un et l'autre chargés d'années, nous faisaient de plus fréquentes visites; l'abbé Froment habitait même le collège. Je me souviens qu'à une réunion solennelle des élèves de tous les âges, la présidence fut occupée et le discours d'usage prononcé par le duc de Noailles, pair de France, et qui devait, quelques années après, remplacer Chateaubriand à l'Académie française.

Je ne fis qu'entrevoir le premier directeur de Stanislas, où je venais d'entrer; assez cependant pour conserver de lui un ineffaçable souvenir. Élève de MM. Liautard, Augé et Froment, nul ne pouvait mieux continuer et représenter l'œuvre qu'ils avaient voulue. Il était la dignité même, l'un des prêtres les plus pieux et les plus sages qui aient honoré l'Église de France; tel l'abbé Buquet apparut à tous, lorsque ses fonctions de vicaire général l'eurent mis en une communication plus intime avec le clergé de Paris. Son principal collaborateur dans sa courte direction de Stanislas était un *prêtre à son image, l'abbé Ravinet, plus tard évêque de Troyes.*

Le directeur du petit collège, sous la coupe duquel mon âge me plaçait plus particulièrement, était universellement aimé pour sa bonhomie un peu brusque, ses soins attentifs, sa familiarité paternelle, son entrain aux jeux de balles, de cerceaux et autres, son art merveilleux et inépuisable de conter ou d'inventer des histoires, qui, les jours de pluie, faisaient de nos reclusions forcées dans la salle du réfectoire les plus amusantes des récréations. Ce fut une désolation générale lorsque la nouvelle se répandit qu'il nous quittait; il allait se faire jésuite pour devenir, sous le nom de P. Millériot, l'un des apôtres les plus populaires de Paris.

Je vois encore le vénérable abbé Buquet venir de classe en classe, pour nous présenter au nouveau directeur entre les mains duquel, résignant lui-même ses fonctions, il se décidait à les remettre. Le prêtre qui le remplaçait était jeune encore. Il était inconnu; il arrivait de Strasbourg. On savait seulement qu'avant d'embrasser le sacerdoce, il avait été lauréat du grand concours et élève de l'École polytechnique. La glace fut vite rompue; à peine l'abbé Gratry eut-il pris possession de son poste, qu'il se révéla maître incomparable.

Je parle ici en témoin, puisque j'ai eu le bonheur d'être à Stanislas pendant les quatre ou cinq années d'une direction qu'il n'avait acceptée qu'à titre provisoire, sa résolution bien arrêtée étant de se consacrer entièrement aux ouvrages de

philosophie qui devaient couronner sa vie et faire sa gloire.
Il ne se donna pas sans retour, mais il se donna sans réserve.
Il déploya dans sa direction un zèle, un éclat et une fécondité
qui purent être égalés et qui ne pouvaient pas être dépassés.
Hygiène physique, développement intellectuel, surveillance
morale, instruction religieuse, il embrassait tout avec une
application qui pénétrait dans tous les détails et qui ne con-
naissait ni relâche, ni limite. Il eut quelquefois des sévérités
terribles à exercer dans des matières où il n'admettait pas
l'indulgence; il ne recula pas devant son devoir, quelque haut
et douloureusement qu'il dût frapper. En même temps, comme
il savait varier, avec les études qu'il voulait très fortes, les
exercices, les promenades au grand air, les journées passées
en pleine campagne, qui, rendant les corps mieux aguerris
contre la fatigue, rendaient les esprits plus frais et plus
vigoureux pour le travail! Toutes les semaines il venait dans
nos classes annoncer les places de nos compositions, en y
joignant des remarques précises sur nos thèmes et nos ver-
sions. Sans cesse il nous parlait, à la chapelle ou dans des
conférences spéciales, pour nous enseigner la religion; son
génie éclatait déjà dans ses instructions. Ceux qui l'écoutaient
se sentaient heureux et fiers d'être chrétiens, tant il leur
semblait impossible, en l'entendant, que ce ne fût pas le vrai
et le beau! Il élevait nos pensées; il allait par notre raison à
notre cœur; il nous inspirait le dédain de la bagatelle et de
l'oisiveté; il nous donnait un idéal; il nous mettait à nu, avec

la grandeur, le sérieux de la vie dont il faudra rendre compte. Il nous chevillait la foi dans l'âme pour l'éternité.

Jamais professeurs plus distingués ne secondèrent un maître plus éminent. Deux d'entre eux, je me le rappelle, deux universitaires, descendirent un jour de leurs chaires pour se faire jésuites : l'un, le P. Pitard, l'ami du P. Olivaint ; l'autre, le P. Verdière, qui était mon excellent professeur d'histoire, et que remplaça très dignement M. Dareste de La Chavanne, plus tard recteur à Lyon, membre de l'Institut et l'auteur de l'une des meilleures Histoires de France.

Parmi les professeurs que l'abbé Gratry avait attirés à Stanislas, est-il possible d'oublier Frédéric Ozanam, qui, mort trop tôt, a laissé un nom comme des œuvres impérissables ? Et aussi Charles Lenormant, le compagnon de Champollion en Égypte et le suppléant de M. Guizot à la Sorbonne, membre de l'Académie des inscriptions, savant d'une autorité européenne, qui voulut bien faire le cours d'histoire aux élèves de rhétorique ? Au temps où l'abbé Gratry organisait à Stanislas une de ses créations les plus utiles, l'école préparatoire, qui a conquis un si juste crédit, nous le voyions souvent se promener, pendant nos récréations, avec un jeune professeur blond, un peu dégingandé, qui gesticulait beaucoup ; un beau matin, nous apprîmes que le jeune professeur blond venait de se rendre immortel, en découvrant, du fond de son cabinet, une planète qui fut

*baptisée, de son nom de père et de parrain, la planète.
Le Verrier.*

*M. Charles Lenormant, qui avait vu l'abbé Gratry à l'œuvre,
lui appliquait dans* le Correspondant *le mot prononcé sur
Socrate, à savoir qu'il était un accoucheur d'esprits. Il est
certain que son influence fut extraordinaire et souvent déci-
sive. D'une seule classe, celle de rhétorique, qui, dans notre
collège alors presque sans externes, ne comptait pas trente
élèves, il est sorti une série d'hommes distingués qui, couverts
de lauriers au concours général, ont tenu les promesses de
leurs débuts : M. Caro, membre de l'Académie française et
professeur en Sorbonne; M. Nourrisson, membre de l'Institut
et professeur au Collège de France; Mgr de Briey, évêque de
Saint-Dié; le P. Lescœur, supérieur de l'Oratoire; le comte
de Sugny, qui a joué un rôle dans notre Assemblée nationale
de 1871; le comte Foucher de Careil, qui, avant d'aborder la
carrière politique et diplomatique, avait publié d'importants
ouvrages sur Descartes et Leibniz, etc.*

*Les succès du collège Stanislas étaient si notoires, que le
grand maître de l'Université, M. Villemain, ministre de l'instruction publique, voulut venir en personne nous inspecter
et nous interroger dans nos classes. Son successeur au ministère, le comte de Salvandy, fit nommer chevalier de la
Légion d'honneur le directeur de cet établissement religieux
et libre qui était un modèle. L'abbé Gratry ne porta que peu
de temps sa croix: un jour que le ruban rouge n'était plus,*

à sa boutonnière, il nous dit avec un sourire : « Un gamin, en le voyant, m'a crié que mon royaume n'était pas de ce monde ; et peut-être avait-il raison, le gamin? » Sous cette direction éclairée, toutes les opinions et toutes les conditions se réunissaient fraternellement à Stanislas ; les neveux du chancelier Pasquier, qui avait présidé le procès des ministres de Charles X, pouvaient avoir pour camarades les deux derniers fils du prince de Polignac que leur père, sorti de la prison de Ham, venait voir de Saint-Germain-en-Laye où il était interné.

L'abbé Gratry avait réussi parce que, sans marchander sa peine, il s'était dévoué à son œuvre. J'ai là sous les yeux une lettre que, pendant les vacances, il écrivait à ma mère : « Il nous arrive un très grand nombre de nouveaux. Nous serons, je crois, tout pleins l'année prochaine. Je travaille pendant ces vacances encore plus que dans l'année. Heureux les écoliers qui ont des vacances ! Pour moi, je m'occupe, sans presque respirer, de leur préparer toutes choses pour la rentrée. Soutenez-moi donc bien de vos prières ! »

Mais le terme qu'il avait assigné à sa direction approchait. Un des disciples les plus fidèles de M. Cousin, M. Émile Saisset, mort membre de l'Académie des sciences morales, qui avait son frère parmi les pensionnaires de Stanislas, écrivait de son directeur, dans un article de la Revue des Deux Mondes du 1er septembre 1855 : « On ne pouvait le voir et l'entendre sans être frappé de la tournure de son

esprit et de la distinction de toute sa personne. » Il remar-
quait que dans toutes les conversations qu'il avait eu l'occa-
sion d'avoir avec lui, une idée se reproduisait sans cesse,
« celle de vivifier la science par la philosophie et la philo-
sophie par la religion ». Un jour vint où, n'y tenant plus
et ne voulant plus être distrait par les occupations maté-
rielles, l'abbé Gratry exécuta son projet de retraite; il allait
composer ces grands ouvrages qui faisaient dire de leur
auteur au cardinal Guibert : « C'est un homme de génie,
c'est notre Malebranche! » et qui faisaient, plus récemment,
écrire par une des lumières de Rome, le cardinal Parrochi, à
son historien, le cardinal Perraud, qu'ils rappelaient les
chefs-d'œuvre du dix-septième siècle.

Le successeur de l'abbé Gratry, l'abbé Goschler, qui était son
ami, avait des qualités précieuses pour exercer la direction
qu'il assumait : l'ardeur, la science religieuse, une vive intel-
ligence, une volonté revêtue de bonne grâce, une énergie tenue
en haleine par la passion du devoir. Mais il fut bientôt aux
prises avec d'effroyables difficultés auxquelles l'administration
de Stanislas était absolument étrangère. Le notaire parisien de
la Société des propriétaires manqua, sans que rien eût pu faire
prévoir le sinistre; pour y remédier, les intéressés durent mettre
en vente les vastes espaces sur lesquels s'étendait le collège.
Tout un quartier s'y est élevé; lorsque je le traverse, je n'a-
perçois debout de ce vieux passé que le pavillon où logeait le
directeur. Surpris par l'événement, l'abbé Goschler accom-

plit le tour de force d'installer, en moins de deux mois, le collège, demeuré sans feu ni lieu, dans une ancienne brasserie qu'il avait aménagée; ma génération en a essuyé les plâtres. Successivement agrandie et embellie, la brasserie est devenue un très convenable et imposant établissement. Pour comble de malheur, la révolution de Février, qui éclata sur ces entrefaites, compliqua de la détresse publique les embarras particuliers.

Il me reste de ces jours troublés un souvenir qui témoigne de quelle estime cordiale notre collège, dirigé par des prêtres, jouissait auprès de ses confrères laïques de l'Université. Dans les premières semaines de la révolution de 1848, lorsqu'elle était encore dans sa lune de miel, et que Lamartine la charmait et l'endormait de son éloquence d'Orphée, une circulaire fut adressée à tous les collèges pour les inviter à offrir une médaille au chansonnier Béranger qu'on supposait, à tort, satisfait de la République. Le collège Stanislas, qui ne voulait rien offrir à Béranger, ne demanda pas mieux que d'offrir quelque chose à la patrie. La proposition fut agréée et des souscriptions recueillies. Un dimanche, les délégués des deux classes les plus élevées de chaque collège se réunirent au Palais Royal, d'où. gagnant la place de l'Hôtel-de-Ville, ils allèrent prendre rang dans l'interminable file des députations que recevait le gouvernement provisoire. J'étais le délégué de ma classe avec un ancien qui portait un des noms de la première Révolution, Barnave, et qui, après avoir été à l'École normale lorsque

2

l'abbé Gratry en fut devenu l'aumônier, entra au séminaire pour en sortir prêtre vénéré. La députation des collèges, dont M. Edmond About, si je ne me trompe pas, fut le porte-parole, fut remerciée, non; hélas! par Lamartine qui faisait relâche oratoire ce jour-là, mais par un membre moins décoratif du gouvernement provisoire.

Pendant ce temps, l'abbé Goschler luttait toujours; il lutta quelques années avec un courage et des ressources d'esprit admirables : trahi par les circonstances, il ne céda que devant l'impossible. Alors, la liberté de l'enseignement aidant, il remit le collège Stanislas aux mains qui devaient le porter si haut.

Je n'ai pas eu l'honneur d'être l'élève des vénérables religieux de la Société de Marie. Je ne les ai connus que par le retentissement des triomphes dont ils ont rajeuni notre vieux collège. Comme le Romain proscrit qui disait : « C'est ma maison d'Albe qui m'a perdu », ils pourraient dire que les succès de leur maison ont contribué à leur perte. A toutes les couronnes dont ils ont fait ceindre les fronts de leurs élèves, ils ont joint pour eux-mêmes la plus glorieuse de toutes, celle de la persécution injustement subie.

Sauvé encore par le dévouement généreux de ses enfants, le collège Stanislas commence une existence nouvelle, ou plutôt il recommence son existence d'autrefois. Il vivra, si son droit de vivre est respecté. Il vivra plus prospère que jamais, parce que jamais il ne fut plus nécessaire. Il répond à un

besoin des familles qui s'impose d'autant plus impérieusement
qu'il est menacé d'être moins satisfait ailleurs. Lorsqu'il y a
plus de cinquante ans, l'Assemblée républicaine de 1848 dis-
cutait l'article de la Constitution relatif à la liberté de l'ensei-
gnement, M. de Falloux rallia tous les suffrages, en formulant
la question dans des termes qui n'ont pas changé : « Il n'y
a aujourd'hui, disait-il le 20 septembre 1848, qu'une très
simple question, une question entre l'instruction et l'éducation.

« L'Université donne, selon les uns, plus d'instruction que
d'éducation. Les maisons religieuses donnent, suivant les
autres, plus d'éducation que d'instruction.

« Eh bien, que faut-il? Il faut que, par la concurrence, par
l'émulation, ces deux éléments constamment mis en présence
arrivent à se fortifier chacun de son côté, à hausser l'un et
l'autre le niveau le moins élevé en ce moment. Si l'Université
a besoin (et c'est la liberté qui le lui apprendra, personne
autre) de relever le niveau de l'éducation, comme je le crois
et comme je le dis franchement, les maisons qui sont à côté
d'elle le lui apprendront; et si les maisons religieuses ont
besoin elles-mêmes de se familiariser davantage avec l'esprit
du siècle, ont besoin de se sentir un peu pressées et stimulées
de cet aiguillon humain, que l'émulation, la concurrence, la
liberté enfin le leur apprennent! »

Trois mois après, M. de Falloux, dont le ministre de l'inté-
rieur d'alors avait loué dans cette même séance « le tact et
l'esprit de modération », devenait ministre de l'instruction

publique. Comme pour préciser sa politique, il prenait immédiatement au collège Stanislas son professeur de philosophie, M. Charles Jourdain, plus tard membre de l'Académie des sciences morales; il faisait de ce maître universitaire d'un établissement religieux son chef de cabinet, l'un de ses plus précieux collaborateurs dans la rédaction du projet de loi sur la liberté de l'enseignement.

L'accord de l'instruction et de l'éducation a toujours été le programme de Stanislas, et nul collège sur notre terre de France n'est dans de meilleures conditions pour le remplir.

H. DE LACOMBE.

.21.MAI.1905.

15 AOUT 1804

E. AZAMBRE

LES ORIGINES ET LE PASSÉ

(1804-1854)

I. — L'abbé Liautard (1804-1824)

Le 15 août 1804, trois ecclésiastiques, MM. Liautard, Froment et Augé, ouvraient rue Notre-Dame-des-Champs, dans l'hôtel Traversaire qu'ils venaient d'acquérir, une *maison d'éducation*, et la mettaient, en cette fête de l'Assomption, sous la protection de la Mère des chrétiens. L'abbé Liautard avait fait ses études à Sainte-Barbe, l'abbé Froment à Juilly et l'abbé Augé à Louis-le-Grand. Tous trois gardaient de leurs années d'études un vivant souvenir, où se mêlaient l'admiration et la reconnaissance pour leurs maîtres. Aussi l'âme de la nouvelle maison se trouva-t-elle naturellement faite des traditions de l'Uni-

versité de Paris et de la plus libérale des congrégations
enseignantes.

Stanislas était créé.

A M. Liautard, qui avait cultivé avec un égal succès les
lettres à Sainte-Barbe, les sciences profanes à l'École
polytechnique, les sciences sacrées à Saint-Sulpice, revient
tout l'honneur de l'initiative et de l'organisation ; à lui le
mérite des premiers et éclatants succès, à lui surtout la
gloire d'avoir fortement conçu son œuvre, de l'avoir
solidement établie sur ses bases et constituée en ses
principes essentiels : on peut, après l'expérience d'un
siècle, affirmer que les destinées de Stanislas ont été liées
indissolublement à sa fidélité à l'esprit de son fondateur.

Claude Liautard, né à Paris le 7 avril 1774, fut, dès
l'âge de quatre ans, confié à une amie de sa mère habituée
de la maison de la maréchale de Tallard. Son enfance
s'écoula à Versailles, dans ce milieu d'élégance raffinée
qui caractérisait la cour de France ; il y acquit une rare
et suprême distinction. Ses études, commencées au collège
de Lisieux, s'achevèrent à Sainte-Barbe, sous la direction de
l'abbé Nicole. Ce prêtre éminent, qui devait être plus tard
recteur de la Faculté de Paris, s'attacha à le former au
grand rôle d'éducateur dont il discernait en lui la vocation.

Liautard répondit à ces soins, et se prépara avec ardeur
à sa mission par l'étude approfondie de la philosophie,
de l'histoire, de la littérature et des sciences. D'abord
élève de l'École polytechnique, dirigée alors par Monge et
Lagrange, il entra ensuite au séminaire de Saint-Sulpice,

où il se distingua par son amour pour le travail et son ardente piété ; il s'y lia avec l'abbé Froment, son futur collaborateur.

A cette époque, la France traversait une crise morale : l'ancienne société avait disparu dans le drame sanglant de 1793 ; la nouvelle n'était encore qu'en voie de formation et tous les esprits sérieux comprenaient la nécessité de reconstruire l'édifice par la base, c'est-à-dire par l'éducation, et par l'éducation religieuse ; les conseils généraux le demandaient dans leurs vœux, et Portalis disait : « Il est temps que les théories se taisent devant les faits : point d'instruction sans éducation et point d'éducation sans morale et sans religion. »

Ces sentiments inspirèrent le fondateur de la *maison d'éducation de la rue Notre-Dame-des-Champs.* Il avait alors trente ans et était dans toute la force de l'âge. Son maintien digne et noble, sa figure fraîche et colorée, son front élevé et rayonnant d'intelligence, ses yeux pétillants d'esprit et de bonté, tout dans son extérieur attirait et charmait.

Bon et bienveillant pour tous, il était d'une fermeté, d'une franchise, d'une ténacité incomparables, n'abandonnant la lutte qu'après avoir remporté la victoire.

Aux qualités qui font l'homme supérieur, il joignait la foi qui fait le chrétien. Il fut le plus parfait exemple de ce qu'une âme de prêtre — d'un Augé ou d'un Lacordaire, d'un Buquet ou d'un Gratry, d'un Lalanne ou d'un de Lagarde, pour ne prendre que des noms familiers à l'histoire de Stanislas — peut donner de zèle ardent et désintéressé, de dévouement et de sacrifice, quand elle renonce à la séduction d'une belle carrière pour se consacrer tout à Dieu et aux âmes, aux jeunes âmes surtout.

Six années se sont à peine écoulées et déjà, en 1810, les élèves sont au nombre de cinq cents, tant à Paris qu'au petit collège de Gentilly. Ils sont divisés en grandes sections : petit collège jusqu'à la sixième ; moyen collège comprenant la quatrième et la cinquième ; grand collège avec les humanités, la rhétorique, la philosophie et les mathématiques.

Stanislas est organisé.

La religion y préside aux études, elle inspire toute la vie de la maison, elle oriente dans les âmes les progrès de chaque jour et la préparation de l'avenir. La piété y est simple, éclairée, profonde ; l'idéal est que chaque élève devienne un homme d'honneur à force d'être chrétien : « Au caractère mobile de toute humaine sagesse, il faut joindre, disait M. Liautard, quelque chose d'immuable, l'idée morale du devoir que l'enseignement religieux peut seul développer complètement. » Stanislas a toujours été fidèle à ce programme. « La destinée de l'homme, c'est la fin sublime qui nous est imposée à tous : connaître Dieu, l'aimer et le servir tout en aimant le prochain, et par là arriver à la vie. C'est la leçon de catéchisme dont le génie de Bossuet sondait avec terreur les profondeurs avant de l'exposer aux grands du monde et aux petits enfants. Cette vérité vous est enseignée comme le fondement de toutes les autres[1]. »

Dès 1807, l'abbé Liautard fondait la congrégation de la

L'ABBÉ LIAUTARD

Sainte-Vierge. Il ne voulait point par là développer des pratiques de dévotion étroite, mais encourager l'idée religieuse. « Elles sont aimables, écrivait Eugénie de Guérin à son frère Maurice, ces petites dévotions que l'Église per-

1. M. Wallon, discours prononcé à la distribution des prix de 1866.

met, qu'elle bénit, qui naissent au pied de la foi comme
les fleurs au pied du chêne. »

Nombreux furent les membres de cette pieuse société
qui occupèrent depuis de hautes situations [1].

La discipline est ferme et souple; ses rigueurs sont
tempérées par l'esprit de famille et la vie commune des
maîtres et des élèves. « L'éducation, disait l'abbé Liautard,
doit être tendre et sévère, et non pas froide et molle... Le
cœur naît dans l'homme avant la raison, c'est un aver-
tissement de la nature de commencer par les sentiments. »
Il estimait que l'étude des belles-lettres doit avoir pour
but essentiel la formation de l'homme et du chrétien.

Dans l'organisation des études, la fidélité aux traditions
anciennes, celles de l'Oratoire et de Port-Royal, celles de
l'Université représentée par Rollin, s'accommode de tous
les progrès que le temps inspire; c'est une nouveauté
que l'importance donnée par M. Liautard aux mathématiques, à l'histoire, aux langues vivantes et en particulier à la nôtre, dont l'étude, il faut le reconnaître, avait
été longtemps négligée: mettant ces idées en pratique,
il ouvrait à ses élèves, à la fin de leurs classes, deux

---

1. Nous pouvons citer parmi eux : d'Arcimoles, archevêque d'Aix ; Dupuch,
évêque d'Alger ; de Marguerie, évêque d'Autun ; Ravinet, évêque de Troyes ; Thibaut,
évêque de Montpellier ; Buquet et Lalanne, tous deux directeurs de Stanislas ; Boré,
supérieur général des Lazaristes ; Chauvel, supérieur du séminaire de Versailles ;
Casimir de Scorbiac, directeur de Juilly ; Hamon, curé de Saint-Sulpice ; Modelonde,
curé de la Trinité ; duc de Noailles, pair de France, de l'Académie française ; de
Crouseilhes, sénateur et ministre de l'instruction publique et des cultes ; de Sainte-
Foix ; duc de Cossé-Brissac ; Maurice de Scorbiac ; duc et comte de La Rochefoucauld ; Genouille, professeur à Stanislas ; Ricard, etc.

années d'études complémentaires, au programme large et
désintéressé, dont la « rhétorique supérieure » recueillera
beaucoup plus tard les traditions.

Nous trouvons les résultats de cette discipline intellectuelle et morale résumés en ce témoignage d'un ancien
élève, devenu ministre d'État en son pays : « Le collège
Stanislas a formé les hommes à la vertu et à la science ;
mais il a surtout formé, ce qui est rare à notre époque,
des caractères. Nous étions beaucoup de Belges, sous la
direction de M. Liautard, à l'époque de l'Empire, et c'est
parmi les élèves de sa maison que nous avons rencontré
en 1830 les plus grands caractères, les hommes les plus
dévoués à la foi, à la patrie et à la liberté[1]. »

Parmi toutes les traditions de Stanislas, l'une des plus
anciennes, celle qui lui donne sa caractéristique, au
milieu des établissements officiels et des établissements
libres, c'est le concours apporté par l'Université à l'œuvre
de l'éducation.

Quand l'Université impériale fut organisée, M. Liautard, à la suite d'un décret de Fontanes, en 1810, dut
envoyer ses élèves suivre les cours du lycée Napoléon,
puis de Henri IV. Il le fit à regret et protesta vigoureuse-
ment contre cette servitude. Mais pour quelles raisons ?
La longueur des allées et venues, la pluie et le vent, les
dangers de la rue et ses distractions ; pas un mot de
défiance à l'endroit des professeurs ni de réserve sur leur
enseignement.

1. Baron Dumortier.

Au contraire, les ayant vus à l'œuvre, il en fit ses collaborateurs directs, aussitôt qu'une législation plus libérale le lui permit. Elle ne se fit pas longtemps attendre. En effet, l'ordonnance de février 1821, réglant la composition et les attributions du Conseil royal de l'instruction publique, s'occupait également des institutions libres. Elle dit en son article 21 :

ART. 21. — Les maisons particulières d'éducation qui auront mérité la confiance des familles, tant par leur direction religieuse et morale que par la force de leurs études, pourront, sans cesser d'appartenir à des particuliers, être converties par le Conseil royal en collèges de plein exercice, et jouiront à ce titre des privilèges accordés aux collèges royaux et communaux.

Une décision du Conseil de l'instruction publique du 28 août 1821 fixait, parmi les conditions nécessaires pour obtenir le titre de collège de plein exercice, dix années consécutives d'existence régulière sous l'autorité et la surveillance de l'Université.

La *maison d'éducation* était fondée depuis dix-sept ans ; les études y étaient prospères, la direction morale et religieuse. M. Liautard obtint pour elle, dès la fin de l'année, le titre et les avantages de collège de plein exercice.

Son état civil était constitué ; quel nom lui donner ?

Ce ne fut pas, comme on a pu le dire au Sénat, par erreur ou par ignorance [1], celui d'un prince du ciel, mais plus

_____

1. Séance du 27 mars 1902.

VUE GÉNÉRALE DE L'ANCIEN COLLÈGE

modestement, et sous l'inspiration de la reconnaissance, celui d'un roi de la terre[1].

« Il fallut arracher son nom comme par surprise à la modestie du roi (Louis XVIII). Pour y réussir, on lui parle de son bisaïeul maternel Stanislas, roi de Pologne, de l'esprit délicat et orné de ce prince, de la protection qu'il se plaisait à accorder aux sciences et aux lettres, de son application à faire le bonheur de ses sujets[2]. »

A la période du mariage forcé avec l'Université succédait l'ère nouvelle d'une union, fondée à la fois sur l'inclination, la raison et l'intérêt. L'harmonie entre ces deux grandes puissances du domaine intellectuel et moral, — l'Université et l'Église, — en même temps qu'elle lui constituait son caractère spécial[3], allait assurer au collège Stanislas quatre-vingts années d'une existence prospère et brillante.

1. Voici d'ailleurs le texte de l'ordonnance royale du 13 février 1822 :

« Louis, par la grâce de Dieu, roi de France et de Navarre, à tous ceux qui ces présentes liront, salut :

« Voulant donner un témoignage de notre bienveillance au sieur Liautard dont la maison d'éducation vient d'être érigée en collège de plein exercice,

« Sur le rapport de notre ministre, secrétaire d'État au département de l'intérieur,

« Nous avons ordonné, et ordonnons ce qui suit :

« ARTICLE PREMIER. — Le collège de plein exercice, dirigé par le sieur Liautard, portera à l'avenir le nom de *Collège de Stanislas*.

« ART. 2. — Notre ministre, secrétaire d'État au département de l'intérieur, est chargé de l'exécution de la présente ordonnance.

« Donné à notre château des Tuileries, le 13 février de l'an de grâce 1822. »

2. M. Liautard, discours prononcé à la distribution des prix de 1822.

3. La maison de Sainte-Barbe de la rue des Postes, devenue depuis collège Rollin, fut seule, avec la « maison d'éducation » de l'abbé Liautard, à profiter du droit accordé par l'ordonnance de 1821.

Par cette union, les élèves de Stanislas, issus tous de
familles chrétiennes, mais destinés pour la plupart à
vivre dans le monde et à y conquérir une influence diri-
geante, trouvaient dans l'exemple et les leçons de leurs
directeurs ou surveillants, prêtres ou religieux, les lumières de leur foi, l'aliment de leur piété, le gage de leur persévérance, pendant que leurs professeurs, suivant la parole
de Lacordaire, « les retenaient sur les sommets élevés de
la littérature et de l'honneur, où ils avaient eux-mêmes
assis leur vie ».

A voir ce contact pacifique et intime de deux forces que
souvent l'esprit sectaire traite d'hostiles, les jeunes gens
apprenaient à mettre dans leur conduite, non pas la tolé-
rance, — qui est toujours une aumône à quelque vérité
et à quelque conviction, — mais le respect qui est l'auréole de toutes les sincérités et de toutes les bonnes
volontés.

Est-il étonnant, dès lors, que M. Wallon ait dit, au nom
de l'Université, dont il était déjà un maître illustre :
« L'amour de Dieu est notre force commune en cette vie
et le dévouement au prochain le devoir de toutes les car-
rières. C'est pour vous aider à y marcher avec honneur
que l'on travaille ici à développer toutes les heureuses
qualités de votre cœur, toutes les forces de votre intelligence, et l'Université, qui n'a de préférence que pour les
meilleurs systèmes d'éducation, s'associe aux efforts de votre
collège en y déléguant ses agrégés [1]. »

1. Discours prononcé à la distribution des prix de 1866.

Durant vingt années, M. Liautard avait dépensé sans compter les forces vives de son intelligence et de son cœur au service de la grande œuvre qu'il avait fondée. Mais bientôt, ses forces diminuant, il sentit que son énergie n'était plus à la hauteur de la lourde charge qu'il avait assumée. Envisageant la situation en chrétien, il estima qu'il devait se retirer et laisser à d'autres le soin d'assurer la continuation de son œuvre. Au mois d'avril 1824, il offrit sa démission au grand maître de l'Université, et le pria de lui nommer un successeur parmi les trois personnes qu'il lui désignait.

Le choix du ministre se fixa sur M. Augé, le premier de la liste de présentation ; M. Liautard en fut avisé en ces termes :

13 mai 1824.

A Monsieur l'abbé Liautard,

Monsieur, j'ai l'honneur de vous informer que, sur votre demande, et d'après la présentation que vous m'avez faite de M. l'abbé Augé pour vous succéder dans la direction du collège Stanislas, le Conseil royal, dans sa séance du 8 mai, a pris une décision en ces termes :

« Le Conseil, vu l'article 11 des statuts sur les collèges particuliers de plein exercice,

« Autorise M. l'abbé Augé à succéder, en qualité de directeur du collège Stanislas, à M. l'abbé Liautard, démissionnaire. »

† FRAYSSINOUS.

II. — L'abbé Augé (1824-1838)

Collaborateur dévoué de M. Liautard, le deuxième directeur de Stanislas n'était point un inconnu dans la maison. Il avait joué un rôle important dans sa fondation, avait été directeur du petit et du moyen collèges, et, en 1813, avait remplacé M. Froment à Gentilly.

M. Augé avait fait à Louis-le-Grand les études les plus

L'ABBÉ AUGÉ

brillantes et était imbu des meilleures traditions de l'Université. A dix-huit ans, il était déjà répétiteur de philosophie. Quand il prit la direction de Stanislas, il avait soixante-huit ans et, malgré cet âge, il n'hésita pas à

4

accepter un fardeau qu'il se sentait la force de supporter.

Il avait les traits rudes, mais légèrement adoucis par l'âge ; le caractère entier, mais prudent et tenace. Il savait commander et se faire aimer des enfants. Aussi continua-t-il avec succès l'œuvre de son prédécesseur, en appliquant avec la plus scrupuleuse exactitude les règles et les méthodes qui avaient assuré la prospérité du collège.

Les études se maintenaient à un niveau très élevé, la discipline était parfaite et l'esprit des élèves, dont le nombre ne diminuait pas, restait excellent. Parmi eux, nous devons citer : Emmanuel d'Alzon, Ancel, Barbey d'Aurevilly, Alfred Boissonnet, Pierre de Dreux-Brézé, Noël et Henri Guéneau de Mussy, Jules Hetzel, Jules Lafond, Henri de La Tour d'Auvergne, Léon Lescœur, de Nieuverkerke, de Ponton d'Amécourt, Raymond de Rivières, Louis-Gaston de Sonis, Paul Target, etc.

Au concours général des lycées et collèges de Paris, Binaut obtenait le second prix de discours latin et le second prix de dissertation française, Eugène Boré le prix d'honneur de philosophie ; après la distribution des prix, ce dernier montait à la chapelle et déposait sur l'autel de la Vierge la couronne qu'il venait de recevoir.

Le collège n'eut pas à souffrir de la révolution de 1830 ; mais il sentit vivement le contre-coup du choléra qui désola Paris en 1832. Une note mise en tête du palmarès de cette année en conserve le souvenir.

« La classe de philosophie, est-il dit, s'est trouvée tellement réduite par suite de la maladie régnante, que l'on

n'a pu établir de concours ; nous ferons remarquer que
les deux élèves cités, qui sont restés seuls de leur classe,
ont obtenu trois nominations au concours général. »

    A cette époque, l'abbé Buquet était préfet des études et
exerçait une grande influence dans la maison ; il avait, au
plus haut degré, l'esprit du fondateur et s'occupait avec

MOYEN ET PETIT COLLÈGES (ANCIEN COLLÈGE)

un zèle éclairé et ardent de tout ce qui pouvait perfectionner les jeunes gens confiés à ses soins. C'est ainsi
qu'au mois de novembre 1833, il fit prêcher la retraite des
élèves par un jeune prêtre dont le talent commençait à
s'affirmer, l'abbé Lacordaire.

    « C'était, écrivait plus tard le P. Lacordaire, une vieille
idée en moi que ce genre de ministère, à cause de la pri-
vation où avait été ma jeunesse de toute parole chrétienne capable de l'éclairer. Une seule fois, au collège de

Dijon, quelques accents d'éloquence m'avaient ému, et depuis j'avais toujours été possédé de cette pensée que si la religion pénétrait jusqu'à la jeunesse par une bouche aimée et puissante, elle y créerait, malgré l'indifférence du siècle, de fortes convictions. »

Le succès du jeune orateur fut complet. Son éloquence entraînante exaltait les cœurs et les intelligences de ses auditeurs. Pendant tout le temps que durèrent les conférences, l'affluence des élèves et de leurs parents alla sans cesse en augmentant. « Cette affluence dura trois mois et me révéla, écrivait Lacordaire, ma véritable vocation, qui était l'enseignement apologétique de la religion du haut de la chaire. »

Et ce fut peut-être la parole forte, claire, ardente du grand prédicateur, qui, telle une semence féconde en un sol généreux, germa dans les jeunes intelligences des Albert Bertall d'Arnoux, Francisque Bouillier, Hippolyte Fizeau, John Lemoinne, Frédéric Le Vavasseur, Colonna d'Ornano, Camille Rousset, Émile Templier, Louis-Joseph de Faulchier, etc., préparant, pour la gloire de Stanislas, une ample récolte d'énergies, de talents, d'éloquences et d'héroïsmes.

Les concours de 1833 et 1834 furent des plus glorieux. Frédéric Dulamon remportait le prix d'honneur de philosophie, François Huet les prix d'honneur de rhétorique et de philosophie, Constantin Ronné le second prix de dissertation latine et Jean Macé les premiers prix de discours français et d'histoire.

En 1838, M. Augé avait plus de quatre-vingts ans : il estima que l'heure du repos avait sonné et remit la direction à M. l'abbé Buquet, un des élèves de la première heure.

Les services rendus par M. Augé à Stanislas et le souvenir impérissable qu'il a laissé ont été exprimés par son successeur en des termes auxquels il n'y a rien à ajouter : « Le zèle du vénérable abbé Augé ne s'était point refroidi avec l'âge. L'amour du bien, toujours si vivant dans son âme, ne semblait-il pas lui avoir prolongé, au delà du terme ordinaire, les forces et toute l'ardeur de la jeunesse ? Combien sa parole était ferme, assurée, chaleureuse, et qu'il connaissait bien le chemin de vos cœurs ! Vous rappellerai-je ces avertissements si tendres, ces encouragements prodigués avec une si affectueuse bonté, ces entretiens où il se laissait aller avec vous à tout l'abandon de son âme ? Il n'avait qu'une seule ambition, celle de vous porter tous au bien et à la vertu ; qu'une seule pensée, celle de votre bonheur. Combien d'hommes aujourd'hui doivent à ses soins paternels les principes honorables qui dirigent leur conduite, et la considération dont ils jouissent dans la société ! Vous-mêmes, chaque jour, n'en voyez-vous pas d'un âge mûr revenir avec empressement auprès de celui qui forma leurs jeunes années, l'environner de leurs respects, lui demander de ces conseils qui leur furent jadis si utiles, et les recevoir avec la docilité et la simplicité d'enfants parlant à leur père[1] ? »

1. Discours prononcé par M. Buquet à la distribution des prix de 1838.

III. — L'abbé Buquet (1838-1841)

Charles-Louis Buquet naquit à Paris le 21 novembre
1796, rue Férou, petite rue calme et silencieuse, située à
l'ombre de Saint-Sulpice, et dans laquelle il devait mourir
en 1872. Présenté à M. Liautard dès l'âge de huit ans, il
entra en cinquième dans sa maison, en 1809 ; trois ans de
suite, il mérita le prix de sagesse qui était décerné par le
suffrage des élèves ; il fut préfet de la congrégation de la
Sainte-Vierge.

Ordonné prêtre en 1824, il commença sans tarder sa vie
d'éducateur : il fut successivement surveillant, professeur,
puis préfet des études. D'une austérité sévère pour lui-
même, il cachait, sous des dehors un peu froids, la bonté
et la sensibilité la plus exquise. D'une nature plutôt
inquiète et timide, d'une grande simplicité de manières et
d'un abord facile, il était adoré de ses collaborateurs qui
appréciaient son expérience, de ses élèves qui reconnais-
saient sa bienveillance et sa justice, des parents enfin qui
savaient ne pouvoir confier leurs enfants à de meilleures
mains.

Il avait pour ses anciens maîtres un culte reconnaissant
et le traduisait, en toutes circonstances, par les éloges qu'il
aimait à leur donner. C'est ainsi qu'il disait de l'un d'eux :

« Malgré le voile de modestie dont il a toujours aimé à
s'envelopper, il brillait par la réunion de toutes les vertus
sacerdotales ; une piété vraie, une humilité profonde, un

zèle qui lui eût fait sacrifier sa vie pour le bien de ses
semblables, le rendaient et le rendent encore un objet de
vénération universelle. Il suffisait de voir et de connaître

L'ABBÉ BUQUET

cet homme si bon, si pieux, pour se représenter ce que la
vertu a de plus pur, la charité de plus tendre, le caractère
du prêtre de plus saint et de plus parfait. Je tairai son nom,
mais vous m'avez prévenu, il est déjà sur vos lèvres[1]. »

1. Discours prononcé à la distribution des prix de 1838.

En traçant le portrait de son ancien maître M. Froment, M. Buquet s'est peint lui-même : la ressemblance est frappante.

Avec lui, rien ne fut changé aux méthodes ni aux traditions. Ce jeune prêtre plein d'ardeur, qui succédait à un vieillard usé par une existence longue et laborieuse, eut la rare sagesse de mettre à profit l'expérience de son prédécesseur.

« Ma route est toute tracée, disait-il ; elle m'a été ouverte par ceux que je regarde comme mes pères et mes maîtres ; je veux avoir toujours devant les yeux les exemples qu'ils m'ont laissés ; je ne viens pas changer leur ouvrage, je viens le continuer. Je n'ignore pas qu'à côté de l'avantage d'améliorer se trouve le danger d'innover, et qu'il ne faut pas se précipiter, même dans le bien. »

M. Buquet ne craignait ni le travail ni les responsabilités ; il n'hésita donc point à assumer seul la tâche si délicate et si absorbante de former les âmes et les intelligences des enfants, de maintenir la discipline parmi les maîtres et les élèves, de diriger les études et l'éducation religieuse. Mais il estimait que tout son temps devait être consacré à ces importants devoirs et que l'administration d'une aussi vaste maison était incompatible avec les soins de la direction. Il n'eut pas de peine à obtenir le concours d'amis dévoués, MM. de Cacqueray, de Chazelle, Gibon, Henri Gouraud, Lebaudy, qui fondèrent, en septembre 1838, une société civile prenant pour elle les charges et les profits du collège.

Cette organisation nouvelle donna d'heureux résultats, et les succès des années 1839 et 1840 justifièrent pleinement la sage initiative de M. Buquet.

M. Rendu, inspecteur général de l'Université, en félicitait les élèves en ces termes : « Vous avez soutenu avec une nouvelle gloire cette lutte qui termine et qui juge vos travaux et ceux de vos émules. Nous vous en félicitons, j'ai presque dit nous vous en remercions, au nom de l'Université de France. Oui, nous vous en remercions, car toutes les fois que s'agitent dans les écoles ou dans les familles les immenses questions de l'instruction ou de l'éducation publique, le collège Stanislas, par sa constitution même et par les fruits heureux qu'il ne cesse de produire, est une des bonnes réponses que nous puissions faire aux adversaires de l'Université [1]. »

Camille Rousset obtenait le premier prix d'histoire au concours général; ce succès lui était rappelé en termes affectueux par l'un de ses camarades devenu son confrère à l'Académie française : « Nous vous voyons, mon cher camarade Rousset, comme si c'était hier, revenant de la distribution du concours avec votre grand prix d'histoire en rhétorique. A nos yeux, dans tout le moyen collège, vous étiez consacré grand homme par ce rare succès. C'était prématuré, sans doute. Mais, pour qui aurait su lire dans votre avenir, cette couronne de laurier portait trois feuilles, trois fleurons, qui en se développant sont

1. Discours prononcé à la distribution des prix de 1840.

devenus de beaux livres : l'*Histoire de Louvois, le Comte de Gisors,* la *Correspondance de Louis XV et du maréchal de Noailles*[1]. »

D'autres élèves remportaient également des succès éclatants, présages du brillant avenir qui les attendait : ils s'appelaient d'Audiffret-Pasquier, Caro, Le Bescond de Coatpont, Albert Gaudry, de La Tour d'Auvergne, Georges de Launay, Perrot de Chazelle, Ernest Pinard, Henri Planchat[2], Melchior de Vogüé, etc.

Les années se succédaient, entraînant sans cesse de nouveaux labeurs : l'abbé Buquet commençait à sentir peser sur ses épaules le fardeau de la direction. Aussi, lorsque la confiance éclairée de l'archevêque de Paris l'appela au poste de promoteur du diocèse, n'hésita-t-il pas à accepter, aussitôt du moins qu'il eut trouvé, dans la personne de l'abbé Gratry, un successeur capable de continuer son œuvre.

Jamais, par la suite, M. Buquet ne se désintéressa de son ancien collège. Promoteur, vicaire général, évêque de Parium, il venait y passer de longues heures, s'y entretenant familièrement avec les maîtres et les élèves. Pendant douze ans, il présida le banquet des anciens.

Ceux-ci aimaient à prendre le chemin de la rue Férou, où ils retrouvaient, en son modeste appartement, « la figure aimée de Mgr Buquet, ce doux aveugle qui recon-

---

1. Caro, banquet des anciens élèves en 1874.
2. « Jeune martyr massacré avec les otages, en récompense d'une vie passée dans les faubourgs à soulager toutes les misères. » (Duc d'Audiffret-Pasquier, banquet de 1873.)

naissait à leur voix les enfants de Stanislas, quand ils
venaient lui demander ses conseils et sa bénédiction[1] ».

C'est sur son initiative et dans son salon que prit naissance l'Association amicale, destinée à maintenir les rela-
tions de camaraderie et à venir en aide aux anciens élèves
malheureux. Avec lui, les premiers fondateurs de cette

COUR D'ENTRÉE DE L'ANCIEN COLLÈGE

œuvre furent l'abbé Lalanne, Genouille, de Regardin,
Dumas, Bachelier, Hennet de Bernoville, le comte Fou-
cher de Careil, Grandjean, Xavier Gouraud, de Liebhaber,
Quatremère, Albert Thiéblin.

Le respect et l'affection qu'inspira, jusqu'à la fin de sa
vie, Mgr Buquet, ont été éloquemment traduits par son
ancien élève John Lemoinne :

« Un juste, un saint, vient de nous être enlevé ; Mgr Bu-

1. Duc d'Audiffret-Pasquier, banquet de 1873.

quet, évêque de Parium, est mort hier, après quelques
jours seulement de maladie. Cette nouvelle surprendra et
atteindra douloureusement beaucoup de ceux qui chéris-
saient cet homme vénérable et vénéré, et qui apprendront
en même temps le commencement et la fin de ses souffrances. Bien qu'âgé de soixante-seize ans, sa forte constitution, toujours servie par l'admirable régularité de sa
vertueuse vie, faisait croire qu'il était encore longtemps
destiné à dire les dernières prières sur beaucoup de ceux
auxquels il avait enseigné les premières. Il avait été
pendant de longues années directeur du collège Stanislas;
c'est dire les nombreux souvenirs qui s'attachent à lui.
Dans les temps tumultueux où nous vivons, dans la société
troublée dont nous faisons partie, les jeunes gens, autrefois sortis de ses mains, savaient de quel côté ils devaient
regarder quand ils voulaient voir l'image vivante de la
bonté, de la piété, de la pureté, en un seul mot, de la
vertu. *Les oiseaux voyageurs dispersés à tous les vents du ciel
revenaient se réchauffer à ce foyer de respect.* Depuis plusieurs
années, il avait presque entièrement perdu la vue, mais
si ses yeux ne nous distinguaient plus, il reconnaissait
nos voix, des voix toujours pleines de vénération et de
tendresse. Dans le clergé, dont il était un des doyens,
Mgr Buquet laissera un grand vide et de profonds souvenirs. Ce que, pour notre part, nous avons à dire, c'est qu'il
laissera aussi de profonds regrets dans le monde, à ceux
qui l'ont connu dès leur enfance et dont ensuite il a béni
les enfants. Ils se souviendront toujours de cette bonté

excellente et pleine de simplicité, qui l'empêchait de voir le mal, et qui l'empêchait d'y croire, quand il le voyait. C'est en notre nom et au nom de nos amis que nous disons un dernier adieu à ce cher vieux maître, resté notre cher vieil ami, à cet homme pur et pieux qui ne connut jamais la méchanceté, et dont la méchanceté jamais n'approcha[1]. »

IV. — L'abbé Gratry (1841-1846)

Alphonse Gratry, né à Lille en 1805, fit ses études au collège de Tours, puis au collège Henri IV. Il obtint au concours général, en rhétorique, le second prix de discours latin ; en philosophie, le prix d'honneur et le prix de dissertation française. Ces succès étaient justifiés par l'ardeur avec laquelle il s'adonnait aux études littéraires et philosophiques.

On est donc étonné, au premier abord, de le voir tout à coup abandonner les belles-lettres et se livrer à l'étude des sciences. C'est que le jeune Gratry, frappé par l'aveuglement de ceux qui opposent la science à la foi, s'était résolu à démontrer, par son exemple, l'inanité de ce préjugé. La raison seule le décida à s'orienter ainsi dans une voie toute différente ; mais, à force de volonté, il apporta à ces études, si nouvelles pour lui, la même ardeur que s'il y eût, dès l'abord, trouvé autant de charme que dans la poésie, l'éloquence ou la musique.

« Il fallait rompre absolument avec toute cette vie dont

1. *Journal des Débats*, 19 janvier 1872.

j'étais plein! laisser cette sève et ses beautés, et tout usage
de ces belles facultés de l'esprit déjà si animées, si fières
de leurs forces naissantes, si confiantes dans les riantes promesses et dans l'étincelante lumière de leur printemps!
Quitter tout cela, y renoncer absolument pendant trois ans!
laisser perdre cette étincelle! laisser mourir ce feu! ne
plus regarder ce soleil! entrer dans une froide caverne,
pâle demeure de l'algèbre, pour y vivre de craie et de
figures géométriques[1]! »

Sous la conduite d'Ampère et de Cauchy, qui restèrent
ses amis, il fit de rapides progrès et, au bout d'une année,
il entrait à l'École polytechnique.

En 1829, il donne sa démission d'officier et va vivre à
Strasbourg, avec de jeunes prêtres instruits et travailleurs,
ayant les mêmes aspirations, le même idéal que lui : Bau-
tain, depuis professeur de philosophie, Carl, Théodore
Ratisbonne qui fonda les prêtres de Notre-Dame de Sion,
de Reinach, Goschler qui lui succéda à Stanislas, de Bon-
nechose, futur archevêque de Rouen, etc. « Rien n'était plus
distingué que cette réunion. Ces jeunes hommes avaient
tous renoncé à un bel avenir; plusieurs étaient riches, ce
qui, comme je l'ai remarqué depuis, est un obstacle
presque absolu au dévouement complet de toute la vie et
de toutes les forces. Mais eux avaient vaincu même la
richesse, ce que j'ai peu retrouvé depuis. Tous étaient
remplis d'esprit et d'instruction, et jamais je n'ai ren-

---

1. Abbé Gratry, *Souvenirs de ma jeunesse*, p. 98.

contré ailleurs tant d'ardeur, ni pareille générosité. On
s'était donné sans réserve jusqu'à la mort et jusqu'au
sang pour la vérité, pour Dieu[1]. »

L'ABBÉ GRATRY

Bientôt Mgr de Trédern lui confiait la classe de rhétorique de son petit séminaire; il y fut pendant douze ans
professeur et maître d'étude. Lors donc qu'en 1841 l'abbé

1. Abbé Gratry, *Souvenirs de ma jeunesse*, p. 165.

Gratry, sur la demande de l'abbé Buquet, prenait la direction de Stanislas, il était mûr pour cette haute mission.

L'abbé Gratry était doué des qualités les plus éminentes : une érudition profonde, une piété vive et éclairée, un grand amour pour la jeunesse et un abord si bon, si affectueux, que tous les cœurs lui eussent été gagnés, alors même qu'il n'aurait pas eu au front cette pure auréole que donne la science unie à la foi.

Sans doute, il n'avait pas au même degré les qualités d'un administrateur ; mais le collège n'en devait pas souffrir, puisque ses intérêts matériels étaient entre les mains de la Société civile.

L'attention de M. Gratry se porta d'abord sur l'instruction première à donner aux tout jeunes enfants.

« Quand je commençai le latin, écrivait-il, je me trouvai avec des enfants de huit, neuf et dix ans, qui n'avaient encore rien lu et ne connaissaient pas la valeur des mots français. En trois mois, je rattrapai ceux qui avaient trois ans de latin ; j'entrai en sixième, où je fus de beaucoup le premier, ainsi qu'en cinquième. Ce succès venait en grande partie de ce que mes condisciples avaient commencé le latin trop tôt et de ce qu'on les faisait travailler de six heures du matin à huit heures du soir. On leur imposait une tâche impossible. Ces pauvres enfants faisaient tout au plus semblant de travailler et prenaient leurs études en horreur. Pour moi, on ne me mettait au travail que de huit heures du matin à quatre heures du soir. A cause de cela même, j'avançais beaucoup plus vite que les autres, bien moins par supériorité d'intelligence, s'il y en avait, que parce que mon travail était possible et réel, le leur impossible et fictif[1]. »

C'est pour corriger ces abus qu'il fonda l'*école primaire* dont il annonçait la création en ces termes dans un avis envoyé aux parents pendant les vacances :

« Une école primaire est annexée au collège Stanislas depuis octobre 1841. Elle reçoit des enfants de six à dix ans qui ont leur dortoir particulier, leur cour, leur salle de classe d'études, et tous leurs exercices à part. Leurs récréations se prennent le plus souvent dans les « jardins du collège ». Les objets d'enseignement sont : la religion et l'histoire sainte, la géographie et l'histoire générale, la lecture, l'écriture, le français et un peu d'allemand, le calcul, le dessin et la musique. Le but de cette instruction primaire est de préparer les enfants à commencer l'étude du latin sans dégoût et avec succès. Faute d'une pareille préparation, beaucoup d'enfants manquent leurs études. »

Cette création fut vivement approuvée par l'Université :
« Les enfants ainsi élevés auront acquis, à un degré remarquable, deux choses bien précieuses pour la suite de leurs études : le goût du travail qui aura été leur plus douce occupation et une heureuse habitude d'attention et de mémoire. Ainsi préparés à des cours plus sérieux, ces enfants, admis enfin à recevoir l'instruction secondaire comme un progrès et une récompense, s'élanceront vers

1. Abbé Gratry, *Souvenirs de ma jeunesse*, p. 21.

elle pleins d'ardeur et certains du succès. Le collège alors n'aura plus pour eux rien d'effrayant[1]. »

Les élèves, connaissant mieux la langue française, abordaient beaucoup plus facilement l'étude du latin, et en une année ils étaient en mesure d'entrer en sixième.

Cette école primaire devenait en quelque sorte la pépinière du collège.

Après avoir consolidé la base de l'éducation, l'abbé Gratry s'occupa d'en perfectionner le sommet en fondant l'*école préparatoire* aux écoles du gouvernement.

Ce n'était pas, à proprement parler, une création ; la maison d'éducation avait toujours préparé aux écoles du gouvernement ; dès 1806, elle avait eu des succès à l'École polytechnique ; en 1840, six élèves avaient été reçus sur huit présentés, et quatre sur six à Saint-Cyr ; mais l'abbé Gratry eut le mérite de réorganiser cet enseignement et d'arrêter le plan d'études tel qu'on l'entend aujourd'hui. Un an après, l'école contenait quarante-deux élèves.

Il est vrai qu'il recrutait ses élèves avec le plus grand soin, n'acceptant que ceux dont l'éducation première lui garantissait une vie digne et chrétienne, et qu'il choisissait également les professeurs les plus éminents comme MM. Desains, Le Verrier, etc.

Ces deux écoles n'absorbaient pas toute l'attention de l'abbé Gratry ; il s'occupait avec une égale ardeur des études philosophiques et littéraires. La sûreté de son esprit le

---

1. Discours de M. Rendu, inspecteur général de l'Université, à la distribution des prix de 1841.

VUE A VOL D'OISEAU DE L'ANCIEN COLLÈGE VERS 1840

tenait éloigné de toute exagération, et au milieu de la lutte des classiques et des romantiques, il sut inculquer à ses élèves, avec le respect du passé, le goût du renouveau qui rajeunissait notre littérature.

« Notre enseignement littéraire, disait-il, est dirigé par des doctrines bien arrêtées. Nous voulons établir une barrière entre l'esprit de nos élèves et la contagion du faux goût. L'absence de pureté, de précision et de logique, l'exaltation mauvaise du style et le dérèglement de la pensée, cet ensemble de défauts régnants enivre et pervertit les jeunes esprits, détruit le talent dans son germe, attaque la raison même, et réagit jusque sur le caractère et sur le cœur. Nous cherchons à nous renfermer dans les plus purs modèles, à y puiser, par une sérieuse étude, les qualités solides, fondamentales et nécessaires, sans lesquelles il n'y eut jamais ni éloquence ni poésie. Le ton et la couleur du siècle viendront plus tard. En attendant, ce goût sévère, ce culte vrai de la parole dans sa beauté de tous les temps et dans sa dignité, épure l'esprit, dirige les facultés, prépare l'intelligence à la lumière et dispose l'âme au bien. Les lettres deviennent alors le moyen de former des hommes[1]. »

Il avait su s'entourer pour la littérature, comme pour les sciences, des maîtres les plus aptes à enthousiasmer leurs élèves. C'est ainsi qu'il avait confié la classe de rhétorique à un jeune professeur déjà illustre par sa

---

1. Prospectus de 1842.

tenait ... ... au milieu de la lutte
des classes ... ... d'en inculquer à ses
... ... le ... du renouveau qui
... ...

... dirigé par
... établir une
... la contagion du
... et de logique,
... ... de la
... ... per-
... ... perme,
... caractère
... renfermer dans
par une sérieuse étude,
... nécessaires, sans
... ni poésie. Le
... gtten-
... dans sa
pure l'esprit,
... ... ce à la lumière et
... êtres deviennent alors le
... »
... la littérature, comme pour
... plus aptes à enthousiasmer
... qu'il avait confié la classe de
professeur déjà illustre par sa

Héliog. Dujardin

ANCIEN COLLÈGE. STANISLAS
1804 - 1847

science et par sa foi : Frédéric Ozanam. Les élèves étaient
d'ailleurs dignes de leur maître, puisqu'ils s'appelaient
Adnet, Albert de Briey, Caro, Hippolyte Fizeau, Foucher
de Careil, de Laveleye, Nourrisson, Simon-Daremberg,
de Sugny, etc.

Dans la *Revue contemporaine* du 31 juillet 1856, M. Caro
nous indique ce qu'était l'enseignement d'Ozanam : « Il
avait le secret d'intéresser tout le monde aux choses de
l'esprit. Les âmes les plus stériles et les plus glacées s'ouvraient aux impressions de sa parole, et sentaient naître je
ne sais quelle curiosité nouvelle qui les étonnait elles-
mêmes. Ces écoliers maussades et grossiers, ces béotiens
de collège, qui sont le désespoir des professeurs et la honte
d'une classe, ne restaient pas toujours isolés dans leur indifférence. Quelques-uns comprenaient, d'autres croyaient
comprendre, ce qui est déjà un grand progrès... Ce savant
qui déjà avait publié des travaux considérables et qui portait de grandes choses dans sa pensée, redevenait, à certaines heures, naïf et joyeux avec nous. Il avait le rire si
franc, si naturel, la plaisanterie si agréable, si vivement
tournée, bien que toujours tempérée par un sentiment
exquis des convenances, que c'était un charme de le sur-
prendre en ces douces gaietés. On l'y provoquait souvent,
tant que cela était possible. Il résistait le plus souvent, et
l'on voyait que sa conscience, qui était d'une délicatesse
extrême, se retranchait alors dans le respect de la règle,
dans la sévérité du devoir, et aussi dans la gravité élevée
de son enseignement. Parfois, il cédait à nos innocentes

provocations ; quelque chose alors agissait en lui : soit le charme du beau soleil, dont il était amoureux comme un poète ; soit l'influence d'un de ces rayons intérieurs qui, sortis du plus profond de l'âme, viennent s'épanouir à la surface. Il fallait l'entendre alors! Que de jeunesse dans cet esprit déjà vieux par la science! Candide et fin, c'était bien la manière d'être d'Ozanam, quand il s'égayait, et, s'il y a une contradiction, nous la mettons à la charge de la nature, qui avait conservé à Ozanam la simplicité du cœur, au milieu des raffinements littéraires de l'esprit. »

Cette admiration était générale. « J'ai vu un de ses anciens élèves encore ému et troublé au souvenir de l'éloquence avec laquelle leur jeune maître parlait de Pascal, de son génie, de ses souffrances, de sa vie pleine et si tôt dévorée. Lui-même ne prévoyait pas qu'un jour, que bientôt, il mourrait comme Pascal, à la moitié de sa carrière, au seuil de la gloire, en présence d'un monument inachevé [1]. »

Si Frédéric Ozanam se donnait tout entier, ses élèves lui rendaient son affection et lui étaient profondément reconnaissants de ses leçons, ainsi qu'en témoignent ces vers de l'un d'eux :

> Guide aimable et savant, dont la voix éloquente
> En élevant notre âme éclaire notre esprit,
> Vous qui fuyez pour nous la foule impatiente
> D'applaudir aux leçons où son maître l'instruit ;

1. Carle Wescher, professeur de rhétorique, discours prononcé à la distribution des prix de 1858.

Plus tranquille au milieu d'un plus humble auditoire,
Si vous ne trouvez plus ces triomphes bruyants,
Votre cœur, déchargé du fardeau de la gloire,
Y trouvera du moins des cœurs reconnaissants.

Chaque jour, recueillis dans la paix de l'école,
A vos doctes leçons tressaillant de plaisir,
Nous n'osons point troubler votre aimable parole :
Qu'il nous soit une fois permis de l'applaudir !

De tels enseignements portaient immédiatement leurs fruits. En 1843, de Sugny obtenait au concours général le premier prix de discours français, Lescœur le premier prix de version latine; en 1844, Simon Daremberg le premier prix de physique, Caro le premier prix d'histoire; en 1845, Caro le prix d'honneur de philosophie et le premier prix de dissertation latine, Foucher de Careil, de Briey, de Perceval, Hilaire et Charles de Lacombe, Assolant, Gustave Merlet, etc., de nombreuses nominations.

Les longues années que l'abbé Gratry avait consacrées avec tant de succès à l'éducation l'avaient fatigué; son esprit élevé, amoureux de la science, n'avait accepté la lutte que par dévouement à la jeunesse et pour faire l'œuvre de Dieu; aussi, quand l'archevêque de Paris lui offrit les fonctions d'aumônier à l'École normale supérieure, accepta-t-il avec reconnaissance. Ce poste lui permettait de s'occuper encore des jeunes gens qu'il aimait tant, et lui laissait en même temps plus de loisir pour se livrer aux études spéculatives. Il avait voué sa jeunesse à l'éducation

de l'enfance : son âge mûr sera consacré à l'apologétique et
il s'efforcera dans ses œuvres de réaliser son vœu le plus
cher, l'union de la science et de la foi. Ses controverses avec
le directeur de l'École normale, M. Vacherot, apprirent son
nom au grand public qui ne devait plus l'oublier. Entré à
l'Oratoire en 1852, chargé du cours de morale sacrée à la
Sorbonne, il était, en 1867, élu membre de l'Académie française. Ce fut un philosophe et un moraliste remarquable
par l'élévation et la poésie de ses idées, la pureté et la clarté
de son style, la profondeur de sa science ; il a laissé un
grand nombre d'ouvrages, parmi lesquels les *Souvenirs de
ma jeunesse*, où il raconte d'une si émouvante façon les
luttes morales par lesquelles il passa avant de parvenir à
la claire vision de la vérité, et *les Sources*, ce livre admirable resté au début du vingtième siècle, malgré les progrès si rapides de la science, une des œuvres les plus
estimées de la philosophie catholique.

Avant de quitter la direction du collège, M. Gratry
avait désigné au choix du ministre, pour lui succéder,
l'abbé Goschler, un de ses anciens amis de Strasbourg.

V. — L'abbé Goschler (1846-1854)

Isidore Goschler était un prêtre éminemment respectable, d'une piété solide et édifiante, d'une intelligence
supérieure, à la fois théologien, philosophe et lettré. Enfant
de l'Alsace, il tenait de sa race la loyauté et l'énergie,
la volonté tenace et indomptable qui ne recule devant

aucun obstacle. S'il manqua des qualités qui font un bon administrateur, il eut du moins cette foi qui transporte les montagnes et, malgré des apparences un peu mondaines,

L'ABBÉ GOSCHLER

fut toujours un homme d'une vertu irréprochable et un prêtre d'un zèle ardent et inlassable.

Quand il prit la direction de Stanislas, au mois de juin 1846, les études y étaient toujours brillantes, mais la discipline moins rigoureuse. Un mal plus grave menaçait l'existence même du collège : la situation matérielle était mauvaise et la Société civile ne pouvait plus faire face à ses engagements. Chacun se préoccupait de l'avenir ; on parlait même tout haut de fermeture prochaine. L'abbé Goschler rassura les familles par un avis envoyé au mois de juillet 1847 : « C'est un devoir et un besoin pressant pour moi de vous prévenir que, malgré les bruits contradictoires qui circulent depuis quelque temps, la rentrée du collège Stanislas aura lieu comme de coutume, le lundi 4 octobre 1847, rue Notre-Dame-des-Champs, 34. J'espère que cette affirmation, simple et positive, suffira pour écarter de votre esprit toute inquiétude à ce sujet. »

Il croyait effectivement pouvoir se rendre maître de la situation en fondant une société nouvelle. « La fin de l'année scolaire approche, il est essentiel que nous soyons prêts avant cette époque. Le nombre d'adhésions que j'ai déjà reçues me fait espérer que, si tous nos pères de famille s'associent par un commun effort, *léger pour chacun. efficace par l'unanimité*, nous arriverons au but désiré. Je ne puis croire que vous nous abandonniez dans cette grave occurrence. »

Les événements furent plus forts que sa volonté. Le 20 août 1847, un jugement du tribunal de la Seine prononçait la dissolution de la Société du collège, dont les bâtiments furent vendus à la barre du tribunal.

Tout semblait donc perdu ; mais M. Goschler veillait.

Loin d'être abattu par l'épreuve, son courage s'y retrempe, son ardeur s'y décuple ; il prie Dieu et se met énergiquement à l'œuvre. Pour toute fortune, il ne restait plus à Stanislas que son nom et son passé. Il fallait en quinze jours trouver de nouveaux locaux, offrir aux familles toutes les garanties qu'elles pouvaient désirer et obtenir l'autorisation du ministre de l'instruction publique. Pour réussir en cette œuvre, le concours désintéressé des pères de famille était nécessaire. Grâce à Dieu et au zèle de l'abbé Goschler, tout marcha à souhait. Il en avisa les parents, dès la fin de septembre, dans les termes suivants : « En vertu d'une autorisation de M. le ministre de l'instruction publique, en date de ce jour (25 septembre 1847), le collège Stanislas est transféré du numéro 34 de la rue de Notre-Dame-des-Champs au numéro 16 (aujourd'hui n° 22) de la même rue. Cette heureuse solution nous est une preuve nouvelle de la protection divine qui préside aux destinées de cette maison à laquelle nous avons consacré notre cœur et notre temps. »

L'immeuble dans lequel le collège se transportait était l'ancien hôtel de Mailly, devenu vers 1770 la Brasserie lyonnaise appelée aussi *Brasserie Santerre*. Pour faire face aux dépenses, une société fut créée au capital de trois cent mille francs, répartie en six cents actions de cinq cents francs. Les membres du conseil montrèrent un admirable dévouement et facilitèrent singulièrement la tâche de l'abbé Goschler. La reconnaissance nous oblige à citer leurs noms. C'étaient MM. le marquis d'Audiffret, président à la Cour des comptes ; Béchard et Édouard Bocher, membres de l'Assemblée nationale ; Cornudet, maître des requêtes au Conseil d'État ; Cramail, substitut du procureur de la République ; le comte de Kergorlay, le vicomte de Falloux, Goschler, Gratry, le docteur Henri Gouraud, médecin du collège ; le vicomte de La Lande, Lenormant, membre de l'Institut ; Louvet, le marquis de Luppé, Ratisbonne, le marquis de Saint-Seine et l'amiral de Suin.

On respirait enfin librement et la situation semblait redevenir prospère, lorsque éclata la révolution de 1848, suivie, en 1849, d'une épidémie de choléra. Le nombre des élèves avait tellement diminué qu'on put craindre de nouveau pour l'existence du collège.

L'abbé Goschler conservait toutes ses espérances, d'ailleurs encouragées par les patronages les plus dévoués et les plus puissants. Mgr Sibour, archevêque de Paris, bien que très souffrant à cette époque, tint à présider lui-même la distribution des prix de 1849, et pour montrer tout l'intérêt qu'il portait au collège, y prit la parole en ces termes :

Malgré les vives instances qui m'arrivaient de toutes parts, j'avais, avant l'époque des solennités littéraires qui se célèbrent en ce moment à Paris, pris la résolution de n'assister à aucune distribution de prix, sauf à celle de mon petit séminaire, où m'appelle mon devoir. Cependant l'intérêt tout particulier, l'affection vive et paternelle que je vous porte, élèves de Stanislas, m'amène au milieu de vous... Si Stanislas a souffert, comme tous les établissements publics, des graves circonstances qui ont pesé sur la France, s'il a ressenti le contre-coup des agitations de l'époque, mon ferme espoir est qu'il triomphera de tous les obstacles, et que son avenir sera égal à son passé. Quel passé ! que d'hommes illustres qui ont honoré l'Église, l'armée, la magistrature, par l'éclat de leurs vertus ! Que de dignes et saints prêtres, imitateurs de prélats élevés sur les plus beaux sièges de France, sont sortis de cette pieuse école ! Quel avenir nous est promis par là ! et qu'il nous sera doux de contribuer à la prospérité de cet avenir, en donnant au collège des preuves toujours renouvelées du patronage spécial que nous lui accordons, de l'appui moral dont nous le soutiendrons, et auquel, nous l'espérons, toutes les familles chrétiennes s'empresseront de concourir à la voix de leur premier pasteur !

M. Goschler, cherchant toujours en son esprit inventif tout ce qui pouvait contribuer au relèvement de sa maison, fonda l'*Œuvre de Stanislas*, association entre toutes les mères de famille ayant un enfant au collège. Le but de cette œuvre était d'augmenter le nombre des élèves par une active propagande au dehors et la confiance des familles par une rigoureuse surveillance au dedans. Cette surveillance devait s'exercer à l'improviste sur tout ce qui concerne l'hygiène des élèves.

Sur la liste des dames qui offrirent leur concours, nous relevons les noms suivants : marquise d'Aulan, marquise de Barbançois, Mme Bassompierre, Mme Bécourt, duchesse de Bellune, comtesse de La Bourdonnaye, comtesse de La Ferronnays, comtesse Fernand Foy, Mme Henri Gou raud, princesse de Polignac, Mme Récamier, comtesse de La Rochefoucauld, duchesse d'Uzès, etc.

L'abbé Goschler prit aussi une autre mesure qui ne fut pas moins heureuse. Il confia à M. Nourrisson, alors professeur de philosophie au collège, la direction générale des études. Une semblable direction ne pouvait produire que d'excellents résultats.

En 1850, était votée la loi, que, par reconnaissance pour son principal auteur, on appelle la loi Falloux et qui fondait en France la liberté de l'enseignement. Elle ne paraissait pas pouvoir modifier la situation du collège Stanislas. On consulta cependant le ministre sur ce point : il répondit par l'arrêté du 29 mars 1851 qui maintenait tous les avantages antérieurement accordés au collège [1].

Malgré tous les efforts du directeur, malgré les témoignages de confiance des parents, Stanislas continuait à décliner. En 1853, il y avait à peine une centaine d'élèves, mais, parmi eux, combien de jeunes gens d'élite : Allouard, d'Aulan, Élie de Beaumont, Eugène de Bellune, Emmanuel Bocher, Louis Buloz, Edgar Humann, Jules et Gaston Jollivet, de Nervo, de Noë, Guy de Turenne, etc.! En 1854, la situation s'aggravant encore, des amis clairvoyants intervinrent auprès de M. Goschler pour l'engager à se retirer. Ce ne fut pas sans un déchirement profond qu'il finit par céder à leurs conseils, car, malgré tout, il conservait les mêmes illusions et les mêmes espérances.

« On demandait au maréchal de Luxembourg, disait-il à la distribution des prix de 1854, comment il avait fait pour perdre je ne sais quelle bataille, dans sa fameuse retraite de 1673. Il répondit froidement : « Je croyais la

---

1. « ARTICLE PREMIER. — Le collège Stanislas est maintenu en possession des avantages qui lui ont été assurés par les contrats faits sous l'ancienne législation et suivant ses formes.

« ART. 2. — Des fonctionnaires publics pourront continuer, sans perdre ce caractère, d'être employés au collège Stanislas avec l'autorisation du ministre de l'instruction publique.

« Fait à Paris, le 29 mars 1851.   « DE PARIEU. »

« gagner, et je la perdis. » C'est la réponse que nous ferons avec quelque fierté, en votre nom et au nôtre, à ceux qui viendront nous demander comment nous avons suc-combé dans la lutte annuelle des collèges, avec d'aussi braves soldats que les élèves de Stanislas et d'aussi bons capitaines que ceux qui vous conduisent au combat. Nous leur dirons : Nous avions de légitimes espérances, car, durant dix mois entiers, vos maîtres n'ont rien épargné pour vous préparer à la lutte ; durant dix mois entiers, votre docilité a répondu à leur dévouement, et vos succès encourageaient leur zèle. Avec de tels maîtres, avec des élèves tels que de Polignac et Cornet, Blanc et de Tréver-ret, Bocher, de Liebhaber et de La Bourdonnaye, Gouraud, Pinczon et de Luppé, et tant d'autres qu'on vient d'applau-dir, nous devions dire à la veille de la bataille : Nous la gagnerons ; et nous l'avons perdue ! »

Il ajoutait à la fin de cette même allocution : « Il y a des moments où un mot en dit plus que de longs discours. Nous terminerons donc cette solennité par une annonce qui, toute vulgaire qu'elle est, et quoique faite en appa-rence pour jeter comme une ombre sur les joies de ce jour, va les redoubler, je l'espère, en vous donnant une certitude que nous sommes aussi heureux de vous com-muniquer que vous êtes impatients de la recevoir. Conformément à la décision de S. E. M. le ministre de l'instruction publique, la rentrée des classes aura lieu pour Stanislas, comme pour tous les lycées, le lundi 2 octobre 1854. »

Cette annonce retentit joyeusement dans tous les cœurs des enfants et des parents présents à la distribution et fut couverte d'applaudissements frénétiques.

Tous les amis du collège doivent conserver une profonde reconnaissance à M. l'abbé Goschler, qui eut l'incomparable mérite de ne jamais désespérer quand tout espoir semblait impossible. Grâce à son énergie, soutenue par une inébranlable confiance dans la Providence, l'œuvre fut sauvée.

Le collège ouvrit effectivement ses portes le 2 octobre 1854; mais peu après, M. l'abbé Goschler donnait sa démission en faveur de M. l'abbé Lalanne. Celui-ci, reprenant l'œuvre de ses prédécesseurs, allait ramener la fortune sous les drapeaux de Stanislas et lui faire retrouver son ancienne splendeur.

ALBERT THIÉBLIN.

L'ABBÉ LALANNE

(1861-1870)[1]

Aucun des bons camarades avec qui j'ai passé, de 1861 à 1870, sur les bancs de Stanislas des années dont le souvenir, toujours présent, me laisse au cœur une reconnaissance attendrie ne me démentira, quand je dirai qu'une figure domine cette période, celle de notre cher et vaillant directeur, l'abbé Lalanne.

Son successeur, l'abbé de Lagarde, qui avait été depuis 1862 son utile collaborateur, a retracé, dans le discours prononcé à la distribution des prix du 5 août 1879, les

---

1. La direction de M. l'abbé Lalanne a duré de 1855 à 1871. Dans les pages qu'on va lire, M. le baron Evain a fait revivre la période de cette direction dont il a été le témoin.

étapes de l'œuvre entreprise dans des circonstances particulièrement difficiles et menée à bonne fin, grâce à de
rares qualités d'éducateur, par celui qu'entre nous nous
appelions familièrement *le Patron.*

Je n'ai pas la prétention de rappeler ici la tâche si heureusement accomplie et que résume, en un latin élégant,
l'inscription placée à l'entrée du chœur dans la chapelle,
aujourd'hui fermée, hélas! de notre vieux collège. Mais
j'essayerai. du moins, de faire revivre cette physionomie
originale, d'une laideur sympathique qu'animait un regard
singulièrement perspicace et attrayant.

L'abbé Lalanne était un séducteur ou, pour mieux dire,
un conquérant qui, sans calculs ni préméditation, par
l'ardeur toujours vibrante d'un cœur demeuré jeune dans
un corps robuste malgré l'âge et par le charme d'un esprit
cultivé sans pédanterie, savait gagner aux nobles amours
dont il était épris tous ceux, vieux ou jeunes, qui l'approchaient. Depuis les plus grandes dames du noble fau-
bourg jusqu'aux plus jeunes enfants des classes de grammaire,. tous subissaient l'ascendant de ce remarquable
vieillard dont la dignité, habituellement imposante, savait
se faire aimable et parfois même familière, si le succès de
l'œuvre délicate de l'éducation le mêlait à nos jeux qu'il
partageait volontiers et avec un entrain tout juvénile.

Cet entrain se retrouvait aussi dans l'organisation annuelle de ces représentations scéniques qu'il offrait vers la
mi-carême aux familles de ses élèves et dont les meilleurs
de ceux-ci tenaient les rôles. Qui ne se souvient encore de

ces soirées où furent joués le *Philoctète* (en grec, s'il vous plaît!) de Sophocle, *la Trêve de Dieu*, *les Quatre Fils Ay-*

L'ABBÉ LALANNE

mon, etc., des répétitions où l'excellent Patron se montrait successivement régisseur parfait, metteur en scène excellent et chanteur... médiocre? Dans l'animation généreuse à laquelle il s'abandonnait sur la scène en retroussant sa soutane pour aider à la liberté de ses mouvements, plus d'un œil malicieux (cet âge est sans pitié !) cherchait à découvrir la jarretière de la culotte d'uniforme, d'étoffe semblable à celle de nos pantalons d'été.

L'abbé Lalanne avait pour les lettres un culte qu'il témoignait en toute circonstance et qu'il cherchait, non sans succès, à faire partager à ses chers élèves, organisant entre eux, en dehors des compositions régulières, des concours spéciaux dont il se réservait le thème, presque toujours poétique.

Poète, il l'était assurément, et la promenade hebdomadaire qu'il s'accordait, par hygiène, disait-il, n'était qu'une longue causerie avec la muse bienveillante dont il aimait à nous révéler les inspirations. Ce n'était pas sans danger : car parmi ses jeunes auditeurs plus d'un préférait ensuite les pentes fleuries du Parnasse aux sentiers plus arides des devoirs classiques, de la version grecque surtout, dont la traduction partagée entre les plus zélés et mise au point par eux, ou à peu près, faisait ensuite discrètement le tour des pupitres. Il me souvient d'un poème, en vers latins, qui, sans avoir la longueur de *la Henriade*, s'était, du moins, inspiré de son titre en s'intitulant *la Belchiade*, et qui, de plaisante façon, avec d'heureuses réminiscences classiques,

> ... *Procumbit humi Belch !*
> . . . .
> *Ichertusque simul Castagnetusque, minuti*
> *Ambo...*

développait les incidents comiques de la lutte inégale engagée entre un président d'étude trouvé trop sévère et ses élèves peu soumis.

Plus en honneur encore parmi nous que la poésie latine était la poésie française : derrière le rempart de nos dic-

L'HÔTEL BELGIOJOSO

tionnaires se dissimulait souvent un cahier où des extraits de Lamartine, de Victor Hugo, parfois même de Musset fraternisaient avec les premiers essais lyriques de cama-rades dont les vers avaient parfois l'honneur de la Saint-Charlemagne au moment où pétillait le champagne (la rime est facile, n'est-ce pas?); écoutez plutôt « les toasts » de l'ami de Gabory :

. . . .
S'il est des chants de joie et des cris de bonheur,
S'il est des sentiments d'amour en notre cœur,
            De respect, de reconnaissance,
Que ce soit pour celui qui par ses tendres soins
Nous enseigna la voie et, nous prenant les mains,
            Dirigea nos pas dès l'enfance!
C'est nous qui recueillons le fruit de ses travaux.
Mais combien n'a-t-il pas dû supporter de maux
            Pour nous préparer toutes choses!
C'est qu'il faut des combats et de la fermeté
Pour enchaîner la gloire et la prospérité
            Au char des plus sublimes causes!
Si parfois les écarts d'un âge imprévoyant
Nous ont fait mériter quelque grand châtiment,
            Il devient un juge sévère!
Mais nous nous repentons : et comme l'on sait bien
Qu'un crime à Stanislas ne peut être qu'un rien,
            Il nous pardonne comme un père.
Célébrons-le ; disons du fond de notre cœur :
            Vive monsieur le directeur !
. . . .
Eh ! buvons aux préfets graves et respectables,
A leurs coadjuteurs, gens quelquefois aimables!
Et si quelqu'un répond qu'ils sont fort ennuyeux,
            Que leur crayon est une plaie,
Qu'ils nous fatiguent tous, soyons sûrs que pour eux
            La réciproque est aussi vraie.
Ainsi, pas de rancune, et crions sans regrets :
            Vivent messieurs tous les préfets !
. . . .

Que d'esprit, n'est-ce pas, dans ces vers datés du 2 février 1868 et quel bon esprit! Il n'en est pas moins dans
la Prévostade du même auteur (31 janvier 1869), qui met

en scène le modeste prédécesseur (on n'était pas alors aussi gourmand qu'aujourd'hui) des Lagant et des Nézard !

Et les rimes en *ique* dont vous me permettrez de citer encore, mes vieux camarades, la première strophe ! Elle vous rappellera les noms des glorieux taupins d'alors :

... Brunet, fort en physique,
Puel, à la longue tunique,
Deport, à la crête comique,
Perronne au courroux si tragique,
Espérance problématique
De l'École polytechnique ;
Desaubliaux le pacifique,
Rebelle aux lois de l'acoustique.
                              [etc.

Pour entretenir l'émulation classique, la stimuler, l'honorer, l'abbé Lalanne avait institué l'Académie ! On n'y parvenait point sans peine et sans avoir franchi de

UN ÉLÈVE DE LOGIQUE EN 1860
Albert Thiéblin.

haute lutte des étapes successives : agréés, auditeurs, titulaires, dignitaires ! Mais, quand on faisait partie, non des Quarante encore, mais des Dix ou Douze du cénacle (n'était-ce pas plus glorieux ?), on se croyait permises toutes les ambitions d'avenir. Heureux âge ! Avec quelle conscience, quelle sévérité même parfois, on appréciait les

diverses compositions des camarades plus jeunes qui
aspiraient à l'honneur de faire partie de cette Académie si
enviée! Avec quel sérieux (à quinze ans!) on discutait les
questions proposées! Comme on sentait le prix de l'honneur exceptionnel dont on était l'objet! Comme on était
digne et grave au premier rang de ces séances publiques
où les meilleurs devoirs recevaient la sanction flatteuse
des applaudissements! Il ne serait pas sans intérêt d'en
former un recueil sous le titre : « Académie de Stanislas. »
Œuvre qui tentera quelque jour, j'espère, le loisir d'un
glorieux vétéran de ces temps « héroïques », ainsi quali-
fiés il y a peu d'années encore, du haut de la chaire de
troisième, par un de ceux qui vibrent, comme nous, à
leur souvenir !

Autour de notre excellent directeur, quelle élite de professeurs! Les titres universitaires de la plupart semble-
raient sans doute, aujourd'hui, bien minces au fétichisme,
quelque peu chinois, dont trop de Français sont imbus
pour le mandarinat et le bouton qui le doit caractériser.
N'en déplaise à ces prétendus intellectuels, la valeur péda-
gogique de nos excellents maîtres était remarquable : ils
savaient communiquer à leurs élèves une science réelle,
la pratique des meilleures méthodes de travail et l'intelligence véritable, le goût sincère des auteurs classiques.

Je ne sais si les générations actuelles, malgré leurs pré-
tentions quelque peu insolentes, trouvent même attrait
que nous à l'explication des *Commentaires* de César, que
rendait si vivante par ses propres commentaires l'aimable

érudition de M. Triaire, notre professeur de quatrième.
Quand nous arrivions dans sa classe en quittant celle où
M. Raguet, en cinquième, nous avait façonnés à la pra-

LA VIERGE DU COLLÉGE
Par H. Allouard.

tique familière du latin, nous n'avions que rarement
recours au dictionnaire, cet *auxilium infirmorum*, pour
venir à bout de nos versions courantes. Et trente ans plus
tard, dirigeant, grâce à ces fortes leçons d'antan, les premières études de mes fils, je n'ai pas retrouvé sans une

émotion toute junévile les règles, codifiées depuis par
Espitallier (textes faciles), que nous avaient si bien ensei
gnées nos excellents maîtres des classes de grammaire.

Lorsque nous sortions de leurs mains pour aborder en
troisième les lettres proprement dites, de quelle ardeur
enthousiaste, allumée à leur flamme généreuse, nous nous
sentions animés ! Avec quelle piété religieuse on l'entrete-
nait sans jamais en craindre les excès ! Et, cependant, la
fantaisie de certaines classes, dites « libres », du samedi
soir atteignait parfois des proportions épiques ! Chacun,
avec l'autorisation bienveillante de M. Modelon (de Grésy-
sur-Isère), dont on se chuchotait volontiers à l'oreille les
vers claironnants adressés au roi Charles-Albert :

> Soit qu'il faille tailler l'histoire en épopée,
> Sire, voici ma plume : elle vaut une épée !

chacun, dis-je, apportait une composition française ou
latine, en vers ou en prose, dont il choisissait à son gré le
sujet et qu'il soumettait à la libre discussion des camarades. Et, s'il y avait place encore à d'autres exercices
avant que la cloche eût sonné l'heure de la récréation,
c'était une lecture à haute voix, faite de la chaire, dans
quelque volume tiré par le professeur de sa serviette :
Victor Hugo, Mérimée, Lamartine. Ou bien, l'on s'essayait
joyeusement, rabelaisement pourrais-je dire, à pasticher
Scarron en traduisant Virgile.

Aussi, après un an passé en seconde, où la fine et dédai-
gneuse raillerie du blond M. Dehaye (auquel succéda,
en 1869, M. Béraud) modérait utilement, en la discipli-

nant, la fougue débordante de nos élans littéraires, quelles
ressources n'offrions-nous pas à la direction, définitive

PORTE DE LA CHAPELLE DU GRAND COLLÈGE

pour la formation de nos jeunes esprits, des deux professeurs de rhétorique, MM. Roche[1] et Wescher (Carlos) dont
nous goûtions également les talents divers !

1. Remplacé en 1867 par M. Petit de Julleville.

Mais quels pauvres philosophes, enfants de dix-sept ou même de seize ans ! Comme cette étude nous semblait froide et grise au sortir de la lumière chaude, du ciel bleu de la Grèce ou de l'Italie où nous avions vécu si volontiers pendant trois ans ! L'indulgence, vraiment philosophique, du bon M. Régnier ne s'en étonnait ni ne s'en effarait ; il se bornait à nous mettre en mesure de satisfaire en fin d'année scolaire à la dissertation et aux interrogations, limitées d'ailleurs, que l'épreuve, unique alors, du baccalauréat ès lettres imposait aux candidats.

Mais, si nos efforts se trouvaient ainsi réduits de ce côté, avec quelle ardeur studieuse ils se portaient ailleurs ! Vers les sciences, surtout, dont les classes, jusque-là considérées à tort par la plupart comme le théâtre naturel des délassements imprévus, retentissaient parfois du bruit sonore des lanternes à gaz remisées sous l'estrade et qu'une ficelle invisible tirait soudain de leur repos, ou s'égayaient de la mobilité inattendue avec laquelle, sur des porte-plume transformés en rouleaux, la chaire de M. Bouquerel s'avançait vers l'élève au tableau, sous le veston duquel le torchon classique apparaissait inattendu et plaisant ; — vers les langues vivantes, parfois, dont l'utile étude commençait à être en honneur ; — vers l'histoire aussi, qu'enseignait excellemment M. Plaisance et dont il avait à ce point communiqué le goût passionné à une demi-douzaine d'entre nous, qu'ils consacraient à cette attrayante étude tous leurs instants disponibles y compris ceux des récréations ! Plusieurs d'entre eux ont ainsi trouvé moyen, sans préjudice du travail courant, de lire la plume à la main les vingt volumes du *Consulat et l'Empire*.

Et quel désintéressement dans la préparation immédiate du concours général ! On se partageait fraternellement l'étude des questions probables en raison de leur actualité et l'on applaudissait de bon cœur au succès du camarade dont le labeur spécial trouvait récompense au jour solennel d'août, où les en-têtes des compositions reconnues les meilleures étaient extraits des boîtes scellées un mois ou deux auparavant. Avec lui le vieux collège ne triomphait-il pas ? Et nous avions la fierté de ce triomphe. Si nos glorieux cadets ont, depuis, élevé au premier rang et à plusieurs reprises notre cher Stanislas dans ces luttes glorieuses d'où, avant même qu'elles aient pris fin, les jalousies rivales l'avaient exclu, il nous sera permis de rappeler sans trop de vanité que nous avions fait moitié au moins de la besogne et la plus difficile. Nous étions stimulés par l'exemple des générations qui nous avaient immédiatement précédés et par le souvenir encore vivant des éclatants succès d'Armand de Tréverret, de Maurice d'Hulst et de Louis Petit de Julleville.

Sans admettre l'arithmétique, spéciale en cette matière, du bon abbé Lalanne qui établissait volontiers notre primauté par une corrélation entre le nombre des nominations obtenues au concours général et celui des élèves de chaque établissement admis à y prendre part, il suffit,

pour justifier l'honneur que nous revendiquons, de rappeler le quatrième rang définitivement conquis dès 1869
sur les huit lycées ou collèges qui prenaient alors part
aux luttes du concours général.

Cette bonne camaraderie, exempte de tout égoïsme, de
toute jalousie, qui mêlait dans une cordiale fraternité les
élèves non seulement de la même classe, mais de la même
division, a fait le charme de notre vie d'écolier, de notre
jeunesse ensuite et aujourd'hui encore de notre âge mûr.
Il n'est guère, pour les « grands anciens », que nous
sommes devenus, de joie meilleure que la rencontre
d'un vieux copain de Stanislas. Malgré la différence des
voies suivies, malgré les modifications apportées inévi-
tablement par la vie au tempérament originel de chacun
de nous, il y a entre les élèves de l'abbé Lalanne une
communauté persistante d'idées et de sentiments sur les
questions essentielles. Cette communauté a deux causes, à
mon avis : la force durable de l'empreinte mise aux jours
lointains de l'enfance sur notre esprit et sur notre cœur
par une autorité ferme et intelligente qui s'honorait d'être
l'auxiliaire de la famille sans prétendre s'y substituer, et
aussi la communauté entre nous, sinon d'origine, du
moins d'éducation.

On était justement sévère alors sur ce point important; on ne subissait pas l'hypnotisme du nombre ou de
l'argent; on avait la prétention de demeurer une élite.
Et quels soins pour la sauvegarder sous tous rapports!
Petit nombre d'élèves, trente à peine, souvent moins,

dans nos classes qui ne comptaient alors qu'une section.
Nombre plus restreint encore de demi-pensionnaires

MONSEIGNEUR DE SÉGUR, PAR F. GAILLARD

dont les parents s'engageaient, en échange d'une faveur
aussi difficile à obtenir, à amener chaque jour leurs fils
au collège et à les y venir reprendre, le soir venu. Ainsi
l'exigeait la sagesse prévoyante de l'abbé Lalanne dont

la perspicacité d'éducateur entrevoyait les multiples et graves inconvénients d'un régime différent.

Il n'avait point, dans de telles conditions, peine à maintenir la discipline qu'il avait su rétablir, par son énergique fermeté, à ses débuts comme directeur de Stanislas : l'obéissance est facile quand on aime et nous l'aimions tous, notre excellent Patron, si bon, si paternel et si jeune à la fois, si indulgent à nos légèretés lorsqu'elles ne mettaient en cause rien de respectable. Il riait volontiers, par exemple, de la transformation en « chien braque » du nom alsacien de notre préfet, des œufs glissés par un futur général dans le lit d'un voisin trop frileux et, sous son... assiette, transformés en omelette imprévue.

Mais il savait aussi corriger spirituellement toute atteinte au respect nécessaire des maîtres. Placés au réfectoire à des tables isolées qui leur permettaient plus aisément la surveillance des élèves, servis à part et mieux, ils n'entendirent pas certain jour sans stupeur cette lecture ironique d'un verset de l'*Imitation* (liv. I, chap. XIX) : « Un bon religieux ne fait attention ni à la nourriture qu'on lui sert, ni à la façon dont elle est préparée », et le rire homérique des trois cents auditeurs. Mais, au repas suivant, quand le malicieux Grand Lecteur, heureux de son succès du matin, voulut continuer la lecture si railleusement soulignée, un coup de timbre l'arrêta, suivi de cette observation de l'abbé Lalanne : « Assez de ce chapitre ! Cherchez plutôt dans l'*Imitation* celui où il peut être question des devoirs de respect d'un bon élève vis-à-

vis de ses maîtres. » Les rires fusèrent de nouveau, souli-
gnant cette fois la justesse de l'observation et la confusion
du camarade rappelé à l'ordre si bien à propos.

Vibrants, nous l'étions, certes ! Ne le sommes-nous pas
encore, mes vieux amis ? L'enthousiasme n'est-il pas
toujours aussi vif en nos cœurs pour les belles et nobles
choses, pour le Vrai, le Beau, le Bien ? Eveillée sous la
délicate direction de Mgr de Ségur, le saint prélat aveugle,
dirigée avec une délicatesse vraiment libérale par nos
maîtres, soigneux d'éviter tout ce qui aurait pu présenter
l'apparence d'une pression, notre foi religieuse ne s'est-
elle pas conservée, affermie même au milieu des orages ?
Il serait injuste d'en douter en regardant autour de
nous les survivants de cette génération dont l'un de ses
poètes exprimait ainsi les sentiments, voici quelque dix
ans à peine, en pleine maturité de l'âge :

. . . .
Qui me rendra ma lyre et les chants d'espérance
Dont ses cordes vibraient au souffle d'avenir ?
Nobles étaient nos rêves où la chère France
Tenait le premier rang, où l'heur de la servir
Semblait le grand honneur ! nous le croyons encore !
Vous le croyez aussi, chers fils, mes bien-aimés,
En qui Dieu permettra que revivent mes rêves
De jeunesse et que j'ai si volontiers formés
Aux nobles ambitions ! O mes petits élèves,
N'ouvrez point votre cœur ni votre oreille avide
Au langage du siècle : il raille nos croyances
Et prône le plaisir comme notre seul guide :
Mettez, mettez plus haut vos nobles espérances !
Dieu, patrie et devoir, triple foi des aïeux,

10

Si nobles en leur belle et fière vaillantise,
Sois celle des enfants, qui resteront comme eux,
Sous notre cher drapeau, fidèles à la devise :
Français sans peur toujours et chrétiens sans reproche !

BARON ÉVAIN.

STANISLAS

PENDANT LE SIÈGE ET LA COMMUNE DE PARIS

(1870-1871)

Notre collège reçut le baptême du feu sous les bombes prussiennes en 1870, et, l'année suivante, il vécut au milieu des horreurs de la guerre civile. Ces deux épreuves tournèrent à sa gloire, grâce à la Providence qui mit à notre tête un prêtre distingué joignant aux plus hautes vertus sacerdotales les qualités maîtresses d'un chef militaire.

Dès le début des hostilités, l'abbé Louis de Lagarde prit la direction du collège, en remplacement de l'abbé Lalanne, appelé dans le Midi. Il était âgé de trente-sept ans et avait l'air d'un chevalier qui aurait dissimulé son armure sous les plis d'une soutane.

Pendant la guerre et la Commune, comme à l'époque de la grande prospérité de Stanislas, il fut l'âme de la maison, la volonté chrétienne et virile capable de résister à tous les assauts et de donner aux maîtres comme aux élèves l'exemple du devoir et de l'honneur. A cause de cela son nom reste indissolublement lié au nom même du collège durant les phases les plus glorieuses de son existence.

Il s'attacha d'abord à maintenir le fonctionnement de toutes les classes, malgré le peu d'élèves et de professeurs dont il disposait. Mais le service du pays exigeait plus encore. Une ambulance pour cent blessés fut installée dans les dortoirs ; l'état-major du général Vinoy reçut l'hospitalité dans les appartements occupés naguère par le prince des Asturies, notre condisciple, plus tard Alphonse XII, roi d'Espagne ; le gymnase, les cours, tous les locaux disponibles, furent cédés aux troupes ou transformés en écuries, en terrain d'exercice, en magasins de toutes sortes. En même temps, le collège était approvisionné de vivres pour faire face aux éventualités d'un long siège, et les pauvres du quartier y trouvaient de l'argent et du pain.

L'abbé de Lagarde veillait à tout, et s'il prenait quelque repos, c'était sans se déshabiller, afin d'être toujours prêt à secourir les blessés et les mourants de l'ambulance.

On lit dans le beau livre que lui a consacré le R. P. Simler, supérieur général de la Société de Marie, tout le bien qu'il fit avec le concours de ses frères en religion et

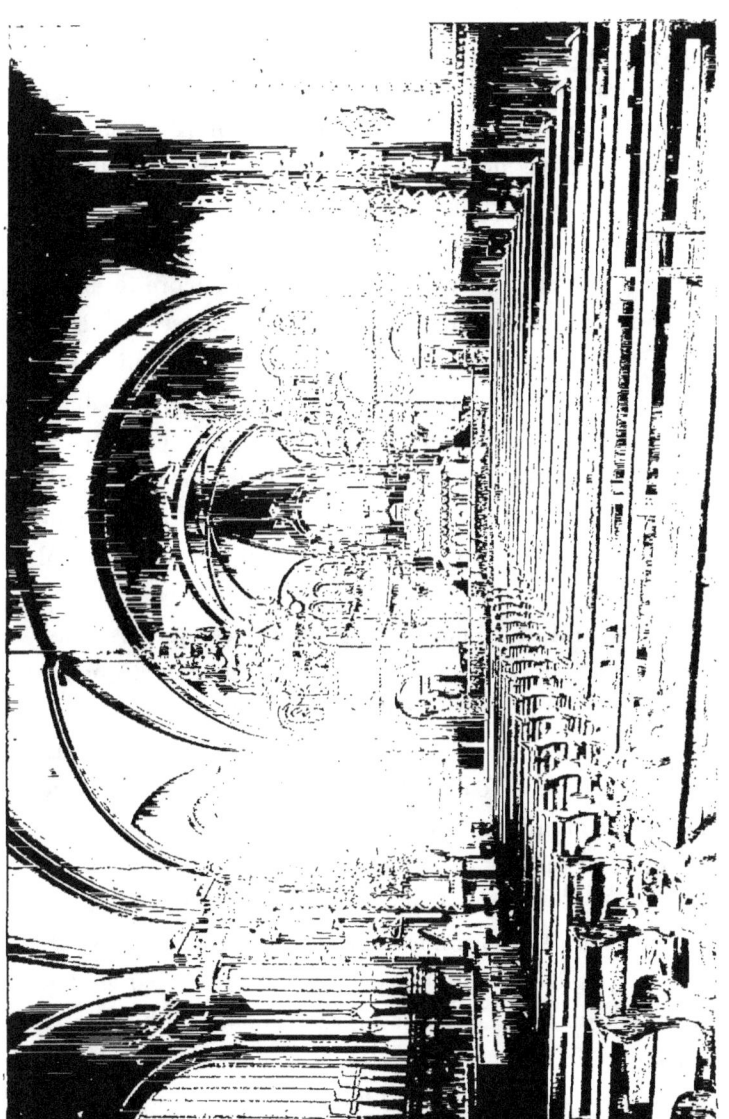

CHAPELLE DU GRAND COLLÈGE (VUE INTÉRIEURE)

des Sœurs de Bon-Secours. Quels triomphes obtenus par ses mâles et chrétiennes paroles ! Que de confessions, d'abjurations et de baptêmes, d'actes de piété et de courage n'a-t-il pas déterminés ! Cinq cent soixante et onze militaires blessés ou malades reçurent ses bienfaits.

Le service intérieur du collège ne suffisait pas à son dévouement et à son activité. Il trouvait encore le temps de courir aux avant-postes. Villejuif, les Hautes-Bruyères, Moulin-Saquet eurent souvent les visites que lui inspiraient sa foi, son patriotisme et son ardente charité. Il confessa des milliers de soldats, dans les tranchées, à trois cents mètres des Prussiens. Un jour, une compagnie tout entière reçut de lui l'absolution ; depuis le capitaine jusqu'au dernier homme, tous passèrent au confessionnal de campagne :

« Il est vrai, dit-il dans une de ses lettres, que les obus, en éclatant auprès de nous, faisaient plus d'effet que les prédications d'une retraite de huit jours ! »

Pendant le bombardement de Paris, six obus tombèrent dans l'enceinte du collège. Quatre éclatèrent sans faire de dégâts ; le cinquième s'enterra dans le jardin du parloir, devant la chambre du directeur. Un seul, en ébréchant l'aile droite du petit collège, perça quelques murs, démolit mon pupitre d'écolier et cassa trois cents vitres ! Il n'y eut pas d'accidents de personnes ; le bombardement avait lieu la nuit, tous les élèves étaient externes et les maîtres couchaient dans des caves blindées.

Aussitôt après la capitulation, l'abbé de Lagarde

annónça la rentrée des pensionnaires ; qu'il nous soit permis de citer ce passage de sa circulaire aux parents :

J'ignore les épreuves que la Providence peut encore nous réserver. mais *j'ai foi dans l'avenir de notre cher pays*. Et comme nous croyons que l'éducation de la jeunesse doit contribuer, pour une bonne part, à nous relever de la triste situation où nous nous trouvons, notre affectueux dévouement pour la jeunesse s'éclaire de toutes les rudes

UN DORTOIR

leçons qui viennent de nous être données, et s'accroît de tout le patriotisme que les malheurs de la France ont développé dans nos cœurs.

L'insurrection de la Commune éclata quelques jours après la rentrée. Nous restâmes au collège quatre-vingts élèves seulement. Les autres étaient dans leurs familles ou réfugiés à Juilly avec l'abbé Lalanne.

Pour la seconde fois l'abbé de Lagarde se trouvait

investi de la première autorité dans la maison qui fut
relativement tranquille depuis le 18 mars jusqu'au
21 mai 1871, échappant, comme par miracle, aux perqui-
sitions et aux violences des insurgés.

Le 21 mai, les troupes versaillaises entrèrent dans Paris
et la guerre des rues dura pendant cinq jours. Le 24, elle
fut acharnée dans le quartier Notre-Dame-des-Champs ;
les obus et les balles pleuvaient sur le collège ; l'explosion
de la poudrière du Luxembourg acheva d'y tout boule-
verser. Mais le lendemain, l'abbé de Lagarde pouvait
écrire aux parents inquiets des religieux et des élèves :

Rendons grâces à la très sainte Vierge et à saint Joseph ; c'est sous
leur protection que nous avions placé nos personnes et nos intérêts
les plus chers ; c'est à leur continuelle et bienveillante intervention
que nous devons une préservation qui nous commandera une éter-
nelle reconnaissance.

Les élèves demeurés fidèles au collège pendant l'*année
terrible* et durant ces deux mois plus lugubres et peut-
être plus redoutables encore que les longs mois du siège
et du bombardement de Paris, furent l'objet de la sollicitude de leur bien-aimé maître et les témoins émus de
son activité, d'autant plus vigilante et imperturbable que
la responsabilité augmentait en proportion du danger ;
aussi quelle ne fut pas notre allégresse, le jour où l'abbé
Garnier, ancien aumônier du collège, arrivant de l'armée
du Rhin, remit à l'abbé de Lagarde la croix de la Légion
d'honneur. C'était dans la cour de philosophie ; les cris de
joie et les acclamations retentissent encore à nos oreilles.

Qui nous rendra le texte authentique de cette vibrante allocution où la franchise et l'humilité de la fierté chrétienne s'alliaient si naturellement avec le caractère du directeur et l'enthousiasme exubérant de son jeune auditoire ? Je me souviens qu'il voulut, dans sa modestie,

CHAPELLE DU GRAND COLLÈGE (VUE GÉNÉRALE)

rejeter sur ses collaborateurs le mérite de l'honneur qui lui était fait. A l'entendre, il recueillait le fruit de leurs travaux : quoi de plus juste que de faire remonter jusqu'à eux les honneurs du triomphe ? Il n'avait été que l'instrument... Mais les protestations couvrirent sa voix, et lorsque, parlant du brave abbé Garnier, il fut amené à comparer sa situation à celle de Bayard, le Français

11

sans peur et sans reproche armant chevalier son maître sur le champ de bataille, nos applaudissements furent tels que leur écho doit retentir à jamais dans l'histoire de M. l'abbé de Lagarde et du collège Stanislas pendant le siège et la Commune de Paris.

JOSEPH LAVERGNE.

L'ABBÉ DE LAGARDE

(1871-1884)

La distribution des prix du 13 août 1872 mérite une place dans ces souvenirs. C'était la première fois depuis 1869 que maîtres, élèves et parents se trouvaient réunis pour cette solennité traditionnelle. En 1870, la nouvelle de nos premiers désastres l'avait fait partout contremander; en 1871, les prix avaient été remis sans aucun appareil aux élèves présents au collège. Depuis ces tristes jours, l'espoir et la vie étaient rentrés dans la maison. « Une tempête de feu et de flamme avait bouleversé nos ruches, dit le président

de la cérémonie[1]; des mains courageuses les ont rele-
vées. Les jeunes essaims y sont rentrés : ils ont butiné
de plus belle. Le miel coule plus abondant, plus pur,
plus savoureux qu'avant l'orage. »

L'abbé de Lagarde inaugurait publiquement, ce jour-
là, sa direction. Il avait eu, comme on l'a vu, la charge de
la maison pendant la durée du siège et de la Commune;
mais c'est seulement le 24 juin 1871 que le vénérable
abbé Lalanne, jugeant que le moment était venu de résigner définitivement ses fonctions, avait fait ses adieux aux
élèves, adieux attendris et émouvants. Le nouveau directeur crut devoir prendre la parole devant la famille de
Stanislas de nouveau réunie. Dans une langue grave et
forte, et, dès ses premières paroles, se plaçant très haut,
il nous dit son dessein, qui était de demander à l'histoire
des ancêtres la leçon à suivre pour relever notre pays; et
après avoir montré que l'unique salut était dans l'alliance
des qualités françaises et des vertus inspirées par le chris-
tianisme, il commenta la devise qui allait être désormais
celle de Stanislas. « Adoptée au lendemain de nos désastres, elle sera, disait-il, notre perpétuel mais sage cri de
revanche; elle sera plus, mes chers enfants; elle sera le
serment de votre jeunesse; elle sera l'engagement sacré
de servir efficacement votre pays et d'honorer fidèlement
votre Dieu. »

Nul de nous ne fut tenté de trouver ces paroles trop

---

1. M. Charles Lévêque, professeur au Collège de France.

solennelles. La génération à laquelle elles s'adressaient y
a-t-elle répondu aussi pleinement qu'elle l'eût souhaité?

L'ABBÉ DE LAGARDE

Elle s'y essaya du moins avec une sincère bonne volonté.
Notre directeur ne nous demandait rien qui ne fût dans
la tradition de cette maison, et selon l'esprit de M. l'abbé
Lalanne, de Mgr Buquet, dont il rappelait les noms avec
une filiale affection. Mais l'heure où ces choses nous étaient

dites leur donnait une force, presque une nouveauté singulière. Il s'agissait de prendre, sans tarder, sa part d'une grande œuvre; les plus jeunes eux-mêmes ne restaient pas indifférents à cette pensée.

L'année scolaire s'était ouverte par un service célébré pour le repos de l'âme des anciens élèves tombés pendant la guerre; les noms de dix d'entre eux[1] se lisaient sur deux banderoles, avec ceux des militaires morts à l'ambulance du collège. De ces aînés, quelques-uns, comme Maurice Etcheverry, étaient la veille encore sur les bancs du collège. Ce grave souvenir se mêlait à bien des choses qui, à distance, peuvent paraître peu dignes d'être rappelées, mais auxquelles nous apportions une conscience absolue : ces exercices militaires, par exemple, auxquels les grands consacraient deux heures par semaine, et que notre excellent préfet, M. Hérail, si ingénieux à découvrir pour nous des sujets d'instruction neufs et élevés, complétait par des visites faites, les jours de promenade, aux points les plus signalés à l'époque du siège. Dans les classes, on se remettait au travail avec entrain et sérieux.

Sous l'influence des derniers événements, les sciences, les langues vivantes, la géographie, allaient prendre dans les programmes une place plus large; Stanislas n'attendit pas pour entrer dans le mouvement. C'est le moment où son école préparatoire, dont un autre de nos camarades

1. Joseph Bain de La Coquerie, Charles de Chevreuse, duc de Luynes, Albert de La Cottière, Charles Duchesnes, Maurice Etcheverry, Henri Goupil, Olivier Houdaille de Railly, Raoul de Kreutznach, Léopold de Mondion, Raymond Vayssié.

nous parlera mieux, allait remplir toutes les espérances de
son fondateur le P. Gratry. Mais les études classiques gardaient leur ancien rang, et M. de Lagarde, bien que sa formation eût été particulièrement scientifique, voulait qu'il

LA COUR DE CINQUIÈME

en fût ainsi. Dans ce domaine, il n'y avait, pour bien faire,
qu'à soutenir la tradition de nos anciens.

Nos maîtres de l'Université trouvaient ici des élèves
dont la confiance en leur direction était absolue et dont la
reconnaissance ne s'est pas démentie. Nous ne pensions
pas qu'il y eût une rhétorique comparable à celle où nous
entrâmes en 1872. Anatole Feugère nous y apparut
comme le type le plus achevé du maître : l'admirable

précision de sa parole, la fermeté d'une raison alliée au
sentiment et à l'esprit le plus vif, l'élévation de sa pensée
et son dévouement attentif aux moindres détails de sa
tâche : tous les traits de sa physionomie sont inséparables
de nos meilleurs souvenirs de jeunesse. Aucun enseignement mieux que le sien ne prouva à quel point la littérature peut intéresser l'âme tout entière. Bientôt suppléant
de M. de Loménie au Collège de France, notre maître ne
devait se séparer de Stanislas qu'au moment de sa nomination à la Sorbonne en 1877 : c'est le moment même où
nous fut enlevé « cet autre Ozanam, aussi pieux, aussi
éloquent, mais plus tôt moissonné que le premier[1] ».

A côté d'A. Feugère, Louis Petit de Julleville, récemment revenu de l'École d'Athènes, nous apportait la
richesse d'un esprit plein de vie, également ouvert aux
choses antiques et à la littérature moderne ; ancien élève du
collège, il lui resta fidèlement attaché au cours d'une carrière universitaire qui fut brillante ; quand il nous quitta
pour la Faculté de Nancy (en attendant qu'il fût appelé à
l'École normale, puis à la Sorbonne), il eut pour successeur M. Alfred Croiset, aujourd'hui doyen de la Faculté
des lettres de Paris, et c'est assez de nommer un tel maître.

Auprès de ces hommes éminents, notre professeur
d'histoire, M. Louis Cons, marquait déjà sa place ; de
petite stature, de physionomie froide, parlant toujours
sans notes avec une netteté et une richesse d'idées et de

---

1. Paroles de M. Lachelier, inspecteur général de l'instruction publique, à la
distribution des prix de 1881.

précision ... ... d'une ... alliée au
senti... ... ... élévation de sa pensée
... ... moindres détails de sa
... ... de sa physionomie sont inséparables
... ... de jeunesse. Aucun enseigne-
... prouva à quel point la littéra-
... entière. Bientôt suppléant
... siège de France, notre maître ne
... ...isias qu'... ... ... de sa nomi-
... en 1877 ... ... même où
... ... pieux, aussi
plus ... ... que le premier[1] ».
... ...de Julleville, récem-
... l'École d'Athè... ... nous apportait la
... ...lement ouvert aux
... ...cien élève du
... ...rs d'une car-
... ... quitta
... ... appelé à
... ... pour succes-
... ...yen de la Faculté
... ... nommer un tel maître.
... ... notre professeur
... ... marquant déjà sa place; de
... ... froide, parlant toujours
... ... une richesse d'idées et de

... ...

Hélio& Dujardin

LA FÊTE DIEU AU PARC

faits surprenantes, il allait bientôt acquérir une telle autorité et obtenir de tels succès que, la fin de l'année venue,
on eût été surpris, scandalisé presque, si les élèves de
M. Cons ne se fussent approprié au concours général un
ou plusieurs prix, avec une bonne part des accessits. Ils
s'apprêtaient à cueillir leur moisson ordinaire lorsque en

LA MANŒUVRE MILITAIRE

1881 il tomba à son poste, en faisant sa classe, le dernier
jour de l'année scolaire.

Nous voudrions dire tout ce que furent, pour les élèves
de cette époque, des maîtres dont Stanislas a pu apprécier
longtemps après le dévouement : M. Béraud, M. Raguet,
M. Plaisance, M. Paysant, M. de Renémesnil. D'autres ne
sont plus là pour recevoir ce témoignage : M. Régnier,
dont l'enseignement philosophique, sous une forme pleine
d'aisance et parfois de simplicité familière, mettait si
heureusement les esprits en mouvement; M. Barrier,
dont les bons mots inépuisables égayaient les leçons si
solides ; M. Verdier, ce fin latiniste; M. Bouillier, M. Mérit,

12

M. Félix Fraiche. Aucun de nos camarades d'alors ne
nous reprochera de rappeler ici ces noms.

Les mauvais jours avaient rapproché de nous nos
anciens, comme la tourmente fait qu'on se serre les uns
près des autres. Nous sentions leur sympathie et nous
leur avons dû beaucoup. En 1873, le banquet annuel offrit
une nouveauté; trois élèves choisis dans les classes supé-
rieures étaient les invités de leurs grands camarades; ceux-
ci étaient venus plus empressés encore qu'autrefois;
M. Caro, président de l'Association, en prit acte en termes
pénétrants : « Combien de mains, dit-il, se sont donné ce
soir une fraternelle étreinte, qui ne s'étaient pas serrées
depuis longtemps ! Combien d'anciens élèves, jetés dans
les voies les plus diverses par le hasard de la vie, se sont
rencontrés ce soir pour la première fois et salués de ce
mot cordial où revit tout le passé : « Mon cher camarade ! »
A quoi tient ce concours vraiment extraordinaire qui a
donné à notre fête un mouvement, un charme inconnu?
Aux circonstances d'abord, il faut bien le dire. Dans ces
temps troublés, dans ces jours obscurs que nous traver-
sons, il semble parfois que la société française va se dis-
soudre en une poussière d'hommes; chacun cherche
instinctivement un point d'appui; nous le trouvons tous
dans la communauté des sentiments et des souvenirs qui
nous unissent dans le passé. » Et quand le duc d'Audiffret-Pasquier, avec son éloquence ardente, rappela l'histoire du vieux Stanislas et les épreuves publiques de la
veille, quand il affirma surtout sa confiance dans l'avenir,

on sentit quelle force pouvait donner aux plus jeunes l'encouragement de leurs aînés.

Deux d'entre eux, surtout, ont eu une part personnelle dans ce qui se fit de bien, en ces années, à Stanislas, et nous

LE JARDIN DU DIRECTEUR

revoyons toujours, à côté de M. Caro, M. Camille Rousset, l'historien de Louvois et des guerres d'Algérie. Ils reprenaient avec une bonne grâce infatigable le chemin de la maison qu'ils avaient honorée comme élèves ; ils venaient présider les séances de notre Académie d'émulation ; celleci, modeste encore (elle tenait ses séances, en 1872, dans

une pièce du second étage devenue depuis, si je ne me
trompe, un dortoir), faisait d'excellente besogne, surtout
en ramenant parmi nous ces anciens dont nous étions fiers ;
ils nous apportaient, avec leur attention bienveillante, des
paroles qui élargissaient notre horizon, et qui furent, pour
plus d'un, l'éveil décisif.

L'accroissement de Stanislas allait être, à partir de
cette époque, ininterrompu. Quelques-uns d'entre nous,
revenus comme professeurs au collège quelques années
après en être sortis, furent témoins de ce développement
extraordinairement rapide. D'un peu moins de cinq cents
élèves, Stanislas passait à plus de douze cents, infidèle en
cela seulement, selon une fine remarque, aux principes
de son fondateur M. l'abbé Liautard. Parmi les maîtres
nouveaux qui avaient pris place au collège et qui ne sont
plus, leurs collègues et leurs élèves n'ont oublié ni Léon
Robert et Gustave Larroumet, ni Emmanuel Fernique,
notre ancien camarade, revenu de l'École de Rome et si tôt
enlevé aux promesses du plus bel avenir. Les succès du
collège aux examens d'entrée des écoles et au concours
général l'approchaient du premier rang. Paul Henriot
avait rouvert, en 1874, la liste des majors d'admission à
l'École polytechnique ; Pierre Duhem, en 1882, entrait
en tête de sa promotion à l'École normale (section des
sciences) ; trois fois en huit ans, le premier reçu à Saint-
Cyr vint également de Stanislas. En 1881, nous applau-
dissions le double prix d'honneur de Georges Lèbe-Gigun
en mathématiques spéciales et d'Édouard Jordan en rhé-

LE CORPS DES PROFESSEURS (1881-1882)

torique. Entre tant de lauréats que l'on voudrait nommer
ici, nous aimons à nous rappeler que notre distingué président de l'Association, Joseph Delom de Mézerac, fut, avec
son fidèle émule Léon de Lanzac de Laborie, un des plus
infatigables.

Le travail n'empêchait pas que l'éducation demeurât
ici variée et vivante. Nulle part les exercices physiques
n'étaient plus en honneur, et ce fut un jour fort agréable
pour le directeur que celui où le colonel président de la
commission d'inspection des exercices gymnastiques et
militaires, après avoir fait ranger les élèves en demi-cercle,
et s'adressant à M. de Lagarde, lui déclara que, venu à Stanislas avec de grandes préventions, et ayant entendu dire
qu'il n'y trouverait que des jeunes gens bons à faire des
processions, mais inhabiles à porter les armes, il classait,
à la suite de son inspection, Stanislas au premier rang.
Il est vrai qu'il y avait une belle procession, que notre
directeur voulait pleine de fleurs et de lumières, et dans
laquelle figurait avec honneur, chaque année, le bataillon
de Stanislas; c'est celle que rappellent les vers charmants de notre camarade Edmond Rostand :

> La Fête-Dieu! le parc envahi de cantiques,
>   Et les chassepots pacifiques
>   Qu'on présentait à l'ostensoir!

Les éloges du colonel inspecteur n'en restaient pas
moins acquis, — et mérités.

En même temps que le collège, l'Association des anciens

élèves grandissait, et les promesses du banquet de 1873
étaient plus que réalisées. Ce fut un des plus chers soucis
de M. de Lagarde de rendre de plus en plus étroite la
solidarité entre les anciennes et les nouvelles générations
de Stanislas. La composition des *Diptyques*, ce travail de

SANATORIUM DE LA VILLA SAINT-CHARLES

bénédictin suivant l'expression de M. Camille Rousset,
fut la contribution la plus efficace à l'œuvre de l'Association. Elle comptait moins de trois cents membres en 1873 ;
dix ans après, elle dépassait le nombre de mille asso-
ciés, comme le constatait avec joie, au banquet de 1883,
le président M. Faustin Hélie ; et, dans une formule saisissante, il montrait d'avance l'époque où l'on pourrait dire :
« Dès qu'un homme a mis le pied à Stanislas, la mauvaise fortune pourra le frapper ; la misère, jamais. »

Les résultats de la direction de M. de Lagarde frappaient vivement le public. Pour dire ce qu'elle fut, il faudrait entrer dans le détail d'une action qui fut surtout celle d'un éducateur. C'est l'honneur qu'il rechercha, et il n'ambitionna pas d'autre titre.

Il n'eût pas voulu qu'on oubliât ses chers auxiliaires : celui d'abord que sa confiance devait désigner plus tard pour sa succession, M. l'abbé Prudham, associé à ses travaux depuis 1871 comme lui-même l'avait été à ceux de M. l'abbé Lalanne, et qui préluda à sa propre direction par une collaboration admirablement dévouée de treize années ; nous avons particulièrement à cœur de joindre ici son nom à celui de M. de Lagarde, et de lui adresser l'hommage de notre respectueuse gratitude. Beaucoup des religieux de la Société de Marie qui secondaient avec tant de zèle M. de Lagarde, alsaciens d'origine, étaient, depuis 1870, des exilés, et nous paraissaient doublement français ; de ceux-là étaient M. Biehler, dont nous ne saurions essayer de dire ce que Stanislas lui doit, M. l'abbé Simler, M. l'abbé Ehrhard, les dignes successeurs, au petit collège, de M. l'abbé Demangeon, ce prêtre d'une âme si douce aux petits, M. l'abbé Sattler, M. l'abbé Wick. Mgr de Ségur n'avait pas cessé auprès des élèves de Stanislas son apostolat commencé dès 1857 ; la première communion, en particulier, nous le montrait chaque année aussi ardemment dévoué, avec sa physionomie si haute, que ses yeux éteints animaient pourtant d'une expression sereine. Bientôt l'abbé d'Hulst, que ses travaux et son

VUE DE SAINT-CLOUD ET DU MONT VALÉRIEN PRISE DE LA VILLA JEANNE-D'ARC, A BELLEVUE

enseignement philosophique mettaient déjà au premier rang, venait donner chaque semaine plusieurs heures à ses jeunes camarades de Stanislas ; nombre de ses allocutions si sobres et si pleines eussent mérité d'être recueillies comme de véritables chefs-d'œuvre de forte pensée chrétienne. Le R. P. Foinel, de l'Oratoire, avec sa haute culture et sa bonté, avait lui aussi sa large part dans cette œuvre spirituelle.

Mais les concours les plus précieux ne pouvaient faire qu'une âme telle que celle de M. de Lagarde se dépensât moins. Dans la vérité du mot, c'est sa vie qu'il nous donnait. Celui en qui le monde voyait surtout un administrateur émérite et qui, dans ses rapports avec les autorités universitaires, recevait les témoignages les plus flatteurs d'estime, trouvait (par quel miracle !) le moyen d'être tout à chacun, par la direction, par les conseils, par une correspondance dont quelques fragments sont connus et témoignent d'un souci sans borne des choses de l'âme. Réunions où il conviait chaque année à Bellevue les élèves sortants des hautes classes, conférences aux mères de famille sur l'éducation, toutes les formes du zèle lui paraissaient bonnes pour l'accomplissement de son œuvre. Il recevait ses anciens élèves, s'associait à leurs bonheurs et à leurs épreuves.

Peu de personnes savaient qu'il ne soutenait cette vie de dévouement qu'au prix d'un effort douloureux, bientôt même de cruelles souffrances. Ce qu'il fut dans cette lutte contre un mal qui, pendant plusieurs années, le condamna

à une véritable abstinence et qui, comme il disait avec
une vaillante bonne humeur, « lui faisait gagner le temps
des repas et des récréations qui les suivent », il faut le
voir en détail dans sa Vie, racontée par le plus autorisé
des témoins [1].

C'est au mois de juin 1884 qu'il dut se résigner à s'éloigner de son cher collège, après avoir passé dans toutes
les études et dit un mot aux élèves. De la maison de Bellevue, où s'écoulèrent ses derniers jours, il ne cessa de s'intéresser à ceux près desquels étaient restés sa pensée et son
cœur. Quand il s'y fut éteint, le 4 septembre 1884, les
hommages vinrent de toutes parts à sa mémoire. M. Dejob,
plus tard M. Segond, exprimèrent éloquemment l'attachement profond de ses collaborateurs universitaires ; l'âme
de l'éducateur et du prêtre fut mise en pleine lumière
dans le bel éloge où Mgr d'Hulst a pu dire « qu'il était
de la race des saints » ; enfin la piété de ses anciens élèves
et de ses amis voulut que son image, imposante et attirante
à la fois, demeurât présente au collège dans le buste où
Chapu l'a fait revivre.

Aujourd'hui, quand nous essayons de nous retracer
notre vie scolaire entre 1872 et 1884, nous retrouvons
dans tous nos souvenirs, même les plus familiers, l'impression d'une pensée très haute qui animait tout. Cette
pensée est celle qui s'était définie dans les premières
paroles de M. de Lagarde. Elle ne faisait que traduire, nous

1. M. l'abbé Simler.

disait-il, les enseignements de ses prédécesseurs ; elle est demeurée vivante après lui. et son développement a continué d'être l'histoire même de Stanislas.

HENRI DURAND.

SOUVENIRS

DE

L'ÉCOLE PRÉPARATOIRE

(1878-1882)

Elle débordait de vie ardente, vers 1880, la cour réservée aux récréations de *l'école préparatoire* ; candidats à l'École polytechnique ou à Saint-Cyr, aspirants à l'École centrale ou à l'École forestière, y « camaradaient » joyeusement. D'une classe à l'autre, on ne s'épargnait certes pas les brocards ; car chacun était — ou feignait d'être — convaincu qu'il souhaitait la seule profession digne de tenter l'ambition d'un honnête homme. Mais au fond, nous savions tous qu'une armée ne peut pas plus se passer d'artilleurs que de cavaliers ou de fantassins, qu'une nation a un égal besoin d'officiers, d'ingénieurs, de professeurs ;

nous savions que tous, nous aurions à collaborer au salut
et à la prospérité de la France. Aussi, sous une rivalité
toute superficielle, se nouaient les liens d'une camaraderie
solide, capable de résister aux longues séparations. Comme
elle est prompte à renaître, chaude et joyeuse, cette camaraderie, lorsque au détour d'une rue, en une ville inconnue
où l'on est exilé par le hasard d'une nomination, on re-
trouve, sous le képi à quatre galons d'un chef d'escadron
d'artillerie ou de hussards, l'ami que l'on n'avait pas vu
depuis vingt-cinq ans ! Comme les mains se tendent et se
serrent, tandis que l'on évoque les souvenirs déjà bien
anciens, les ardentes batailles où, rangés aux deux côtés
de la cour, « taupins » et « cornichons » se mitraillaient
vaillamment à coups de boules de neige !

D'ailleurs, si quelque incident menaçait, si peu que ce
fût, de troubler cette cordiale émulation, le préfet de discipline était là ; avec sa haute stature, sa figure colorée
d'Alsacien vigoureux, par quelques mots rudes et bons,
M. Rœsch avait tôt fait de ramener la paix. Sa vigilance
ne laissait rien échapper ; derrière un rideau de camarades formant troupe de couverture, avec des ruses d'A-
pache, quelque « carré » audacieux essayait bien, parfois,
d'allumer une cigarette, forme moderne du fruit défendu ;
mais il était bien rare qu'il pût, inaperçu, la savourer
jusqu'à la dernière bouffée.

Parfois, le dimanche ou le mercredi, les jeux s'inter-
rompaient tout à coup ; on venait d'apercevoir, qui fran-
chissaient la porte, les bicornes de deux ou trois poly-

techniciens ; et, bien vite, le cercle se formait autour des anciens condisciples ; avec une curiosité avide, on écoutait les récits des brimades que ces odieux « rouges » avaient imaginées pour tourmenter ces pauvres « jaunes » — ou

LA COUR DE L'ÉCOLE PRÉPARATOIRE

des épreuves que ces affreux « jaunes » avaient imposées à ces malheureux « rouges ». Sur la manche de certains des conteurs brillaient les galons de sergent ou de fourrier ; et, parmi ceux qui écoutaient, les reflets de ces galons allu-maient plus d'une ambition féconde. Je me souviens encore du respect avec lequel, humbles élèves de mathé-matiques élémentaires, nous contemplions, au-dessus du gant blanc d'un de nos anciens, le double galon de major ; de celui qui le portait, nous parlions avec admiration ; nous nous redisions l'un à l'autre qu'il serait un grand géomètre ; et la joie de ses anciens camarades a été exempte de surprise le jour où les portes de l'Académie des sciences se sont ouvertes toutes grandes devant Georges Humbert.

Parfois aussi, au milieu de nos uniformes sombres, venait s'abattre un essaim joyeux et coloré ; parmi les tuniques sévèrement boutonnées et les ceinturons étroitement sanglés chatoyaient les capotes bleues, les pantalons garance et les plumes blanches et rouges des « casoars ». C'était jour de sortie à Saint-Cyr, et, gaiement, à leurs jeunes condisciples, les « hommes » contaient les innombrables tracasseries par lesquelles les anciens les formaient aux grandeurs et aux servitudes de la vie militaire.

Deux fois par semaine, la manœuvre, les raides alignements, les évolutions mécaniques, les mouvements saccadés du fusil entre les mains crispées par le froid, les crosses frappant le sol durci, avec ensemble, d'un seul coup sec, et par-dessus tout cela, la belle voix de commandement, brève et claironnante, d'Adolphe. Nous l'avions en grande estime, ce « marchef » de la garde républicaine, à la poitrine constellée de médailles ; la manœuvre finie, les fusils au râtelier, nous aimions à lui faire conter quelque épisode de sa vie de soldat ; et ses mâles récits nous redisaient toujours les mêmes sentiments, simples et grands : l'endurance énergique, le respect de la discipline, le culte du drapeau.

A l'heure où la cloche faisait entendre ses premiers
tintements, nos professeurs arrivaient et, bien vite, on les
entourait; car ils étaient respectés et aimés, ces hommes
de devoir, que ne semblaient point lasser la leçon redite
chaque année, la théorie vingt fois expliquée ; qui nous

UNE ÉTUDE DE « TAUPINS »

pressaient au travail avec un inlassable dévouement ; qui,
plus que nous-mêmes, souhaitaient notre succès. Parmi
les nombreux officiers que Stanislas a formés, parmi ceux
qui, maintenant, sont la garde vigilante de la frontière de
France, combien ne pourraient, sans une profonde reconnaissance, redire les noms de Cons et de Dufailly ! Dufailly, si clair et si simple, lorsqu'il exposait les diverses

14

doctrines scientifiques qu'exigeait l'examen d'entrée à
Saint-Cyr! Cons, si prématurément ravi par la mort à
l'admiration de ses élèves! Avec quel talent il savait, en
des tableaux sobres et vivants, en des vues précises, syn-
thétiques et profondes, retracer les phases de l'histoire
moderne! Quelle sûreté de méthode et quel sens critique
aiguisé! Que de vocations d'historien il a suscitées en sa
trop courte existence!

Parmi les souvenirs innombrables qui surgissent et se
pressent en mon cœur, parmi les figures vénérées qui
revivent aux yeux de mon imagination, qu'il me soit permis de choisir; qu'il me soit permis d'évoquer surtout les
maîtres qui nous amenaient au seuil de l'École polytechnique ou de l'École normale. Pendant quatre ans, plus
longtemps donc que la plupart de mes condisciples, j'ai
été leur élève; pendant quatre ans, j'ai pu m'imprégner
profondément de leurs enseignements; marchant après
eux dans la carrière même qu'ils avaient choisie, j'ai eu
mainte occasion d'analyser les méthodes dont ils usaient,
de les comparer à celles qu'employaient leurs collègues;
et bien souvent, en cet examen de conscience intellectuelle
que le professeur doit pratiquer sans cesse, j'ai pu reconnaître la très grande part que chacun d'eux avait prise à
la formation de mes idées, j'ai pu redire, avec le poète :

C'est par *eux* que je vaux, si je vaux quelque chose.

Sans doute, je leur dois plus qu'aucun de mes camarades; c'est pourquoi le président de notre Association

m'a demandé de fixer ici leurs figures ; son amitié a voulu me donner l'occasion d'acquitter, pour une faible part, ma dette de reconnaissance.

A ceux qui voulaient pénétrer dans la classe de mathématiques spéciales, fière de marcher en tête du collège, il fallait une initiation ; on la recevait en la classe de mathématiques élémentaires, sous la direction de M. Maleyx.

C'était un rude initiateur que M. Maleyx.

Au physique, un petit homme, dont l'âge n'avait pas diminué la vigueur ; un front élevé ; des yeux clairs qu'égayait un plissement malicieux des paupières ; un nez fort et cambré ; une longue barbe grise et des cheveux en brosse, comme on en voit aux portraits de Galilée ; là-dessus, un chapeau dont la matière pouvait bien se renouveler, mais dont la forme demeurait immuable ; une surface, indécise entre le tronc de cône et le paraboloïde, dont aucun géomètre n'a, jusqu'ici, donné l'équation, mais que nous avions déjà baptisée d'un nom savant : nous l'appelions un *maleyxoïde*.

La silhouette énergique et fortement caractérisée de M. Maleyx offrait une irrésistible tentation aux caricaturistes, nombreux plus qu'habiles, à cet âge sans pitié ; entre deux équations, nos cahiers s'ornaient d'un profil tracé en quelques traits de plume ; souvent, entre les mains de l'artiste, le modèle saisissait le croquis, ne s'en irritait point, et l'empochait en souriant.

D'ailleurs, nous n'avions guère le temps de parachever notre esquisse ; le cours marchait à grands pas ; les théorèmes succédaient incessamment aux théorèmes; les démonstrations se pressaient en hâte. Malheur à qui cédait un moment à une velléité d'oisiveté! Bientôt désorienté, perdu, noyé, il lui fallait abandonner la partie et chercher ailleurs une classe plus propice à la molle rêverie. Au sortir de la rhétorique ou de la philosophie, c'était un apprentissage bien dur, mais bien utile, que ce cours dense et touffu; il nous prouvait tout d'abord que la plus heureuse facilité, l'intelligence la plus vive ne sauraient suffire à la formation de l'esprit scientifique : il y faut encore l'incessante activité, la volonté tenace que rien ne lasse, que rien ne rebute.

M. Maleyx ne se bornait pas à exiger de ses élèves qu'ils fussent laborieux; il les formait encore à la rigueur mathématique. La langue des géomètres est si précise, en sa perfection, que le déplacement d'un iota y transforme la vérité en erreur; ce n'est pas chose aisée que de parler une telle langue sans violer aucune de ses minutieuses exigences. A l'égard de ces fautes de langage, qui sont des attentats à la logique, notre maître était sans pitié. Avant d'avoir établi qu'un produit ne dépend pas de l'ordre des facteurs, il ne fallait pas s'aviser de dire : A *qui multiplie* B, au lieu de : A *multiplié par* B; un brusque : « Non, Monsieur, multiplié par! » que je crois encore entendre, venait, fort à propos,

> D'un mot mis en sa place enseigner tout le prix.

Le professeur qui ne craignait pas de s'attarder à ces

détails, de redresser, avec une infatigable persévérance, les incorrections de notre parler mathématique, était cependant un géomètre capable des plus profondes spéculations; la théorie de la séparation des racines des équa-

M. BIEHLER

tions avait été tant de fois traitée, et par de si grands mathématiciens, qu'il semblait impossible d'y découvrir quelque vérité nouvelle; or, M. Maleyx l'avait enrichie d'un important théorème; lorsqu'il nous démontrait ce théorème, dont sa modestie lui défendait de désigner l'auteur, c'était grande joie pour nous de saluer d'applaudissements chaleureux la trouvaille de notre maître.

Après la laborieuse initiation des mathématiques élémentaires, l'étude des mathématiques spéciales semblait attrayante au plus haut point; il est vrai qu'elles étaient enseignées par Vazeille.

Depuis l'époque où, sur les bancs de Stanislas, je suivais la discussion de l'équation en S, j'ai entendu bien des leçons; il en est que j'ai analysées avec la curiosité minutieuse de l'homme du métier; il en est que j'ai recueillies avec l'attention fervente du disciple; il n'en est assurément pas qui aient éveillé en moi, au même degré que l'enseignement de Vazeille, le sentiment de la perfection.

Il me semble entendre et voir encore cet admirable professeur : sur un corps droit et svelte, une tête d'une remarquable pureté de traits, qu'encadrent harmonieusement une barbe régulière et une abondante chevelure; une expression quelque peu hautaine, qu'un fin sourire vient parfois adoucir; une phrase d'une impeccable correction, dite par une voix chaude et prenante; une main fine qui, sur le long tableau noir, aligne en un ordre parfait des équations calligraphiées ou trace, avec une extraordinaire sûreté, les traits d'une épure compliquée.

Le mot *élégant* est un de ceux que Vazeille prononçait le plus volontiers; c'est assurément celui qui caractérisait le mieux son enseignement. Son cours était une véritable œuvre d'art; chacun des chapitres qui le composaient avait été amoureusement ciselé; employées tour à tour, la méthode algébrique et la méthode géométrique sem-

blaient rivaliser de puissance et de dextérité ; cette émulation entre les deux procédés par lesquels l'esprit humain
prend conscience des vérités mathématiques laissait les
théories se dérouler en une symétrie exactement équilibrée,
qu'elle sauvait de toute monotonie.

Rien de factice, d'ailleurs, dans cette élégance ; l'absolue

L'ESCRIME

clarté, l'irréprochable ordonnance des théories que Vazeille
exposait avaient leur raison d'être dans la nature même
des problèmes traités, dans la pénétrante intuition par
laquelle le professeur saisissait cette nature. Aucune sim-
plification artificielle, aucun de ces procédés trop habiles
que le succès seul justifie, n'étaient admis en la classe
de mathématiques spéciales de Stanislas ; sans relâche,
Vazeille affirmait que la méthode générale est toujours la

plus directe, la plus courte et la plus simple, pourvu que l'on sache s'en servir; et l'aisance avec laquelle il donnait la solution des problèmes les plus ardus prouvait surabondamment la justesse du principe dont il se faisait le champion.

J'ai bien dit le champion; car les méthodes larges et élevées, respectueuses de la généralité et de la symétrie, dont il était le tenant, étaient loin d'être partout admises sans conteste; dans l'Université, bon nombre de professeurs les repoussaient, afin de s'en tenir à d'antiques procédés qu'ils réputaient rigoureux parce qu'ils étaient pénibles, et solides parce qu'ils étaient pesants; et je ne suis pas assuré que telle leçon de Vazeille ne fût pas, encore aujourd'hui, regardée par plus d'un maître comme une audacieuse et téméraire innovation.

On ne saurait trop insister sur ce point : l'enseignement des mathématiques spéciales a été, vers 1875, le théâtre d'une véritable révolution, et d'une révolution qui n'a pas encore produit toutes ses conséquences; cette révolution fut l'œuvre de deux professeurs de l'enseignement libre, qui étaient, d'ailleurs, deux inséparables amis : de Moutard, qui enseignait à Sainte-Barbe, et de Vazeille, qui professait à Stanislas.

En cette circonstance, d'ailleurs, l'enseignement libre a joué le rôle de création et d'innovation qui, essentiellement, doit être le sien. Une organisation aussi vaste et compliquée que l'Université de France ne peut fonctionner régulièrement et sans heurt que si elle est puissamment hiérarchisée, fortement disciplinée. Toujours elle sera réfractaire aux tentatives hasardeuses; toujours les hommes d'initiative s'y sentiront comprimés et gênés par la masse et la complexité de la machine administrative que le moindre changement doit mettre en branle. Aussi tout universitaire clairvoyant doit-il souhaiter un enseignement libre prospère et florissant; plus morcelé, plus varié, plus souple que l'enseignement public, il fournit aux novateurs un champ d'expériences, un laboratoire d'essais dont l'Université sera la première à profiter.

On n'eût pu rêver contraste plus saisissant que celui qui éclatait entre Vazeille et notre professeur de physique et de chimie, Jules Moutier.

Tous les « taupins » de Paris connaissaient ce gros corps, cette encolure puissante, cette large face, cette barbe embroussaillée, ces yeux à fleur de tête, toute cette physionomie mobile qui se plaisait à prendre les expressions les plus drolatiques et les plus imprévues.

Si la classe de Vazeille était tenue comme un salon, celle de Moutier était presque aussi bruyante qu'une halle à l'heure de la criée; le professeur ne se sentait à l'aise qu'au milieu de cette vie exubérante, tumultueuse, tapageuse, de ces lazzis qui s'échangeaient d'un banc à l'autre, de ces trépignements qui ébranlaient l'amphithéâtre. Quelquefois — bien rarement — nous avions, ou nous pensions avoir à nous plaindre de notre maître; alors nous tramions un complot terrible, nous décrétions une classe muette ! Ces jours-là, après avoir vainement tenté

15

de débrider nos langues captives, de dégeler nos attitudes
figées, Moutier essayait de faire son cours; mais il n'y
parvenait point; il se troublait dans ses raisonnements,
se perdait dans ses calculs et finissait par jeter rageu-
sement la craie. Alors, notre vengeance satisfaite, nous
rendions libre cours à notre turbulence; aussitôt la figure
de notre maître se rassérénait; il reprenait le calcul inter-
rompu et, paisible au milieu d'un tumulte assourdissant,
le menait jusqu'au bout.

Professé devant un auditoire toujours en ébullition, ce
cours était merveilleux de netteté, de précision, de conci-
sion; pas une démonstration qui n'ait été réduite aux
propositions strictement nécessaires; pas une loi dont
l'énoncé n'ait pris une forme d'une rigueur absolue;
quelques mots, d'une extrême sobriété, suffisaient à
marquer l'hypothèse sujette à caution, le procédé expé-
rimental de valeur douteuse. Former le sens critique
des élèves, tel était le but que Moutier se proposait;
et il eût été difficile de l'atteindre plus exactement que
lui.

Le cours de physique et de chimie professé par Moutier
ne se distinguait pas seulement par la rigoureuse exactitude de la forme; par la richesse du fond, il surpassait
de beaucoup les enseignements donnés, à la même époque,
dans les lycées et collèges de Paris. Bon nombre de
théories que l'enseignement supérieur s'était, jusqu'alors,
réservées pénétraient, par ces leçons, dans l'enseignement
secondaire qui s'en est définitivement emparé; et parmi

ces théories, il en était que Moutier avait perfectionnées ou créées.

Car Moutier a été, en certaines parties de la physique, un inventeur audacieux et puissant. Familier du labora-

LA SALLE DE DESSIN

toire de Henri Sainte-Claire Deville, il avait vu naître la doctrine de la dissociation chimique ; du premier coup, il avait reconnu que la thermodynamique pouvait seule organiser ce nouveau domaine ; au nom de cette science, il en avait pris possession avant tout autre : et tandis que Horstmann en Allemagne, que Willard Gibbs en Amérique, donnaient de magnifiques développements à la vérité qu'il avait le premier proclamée, Moutier décou-

vrait le sens véritable qu'il convient d'attribuer, en méca-
nique chimique, au signe de la quantité de chaleur mise
en jeu par une réaction ; sa découverte mettait fin aux
tàtonnements qu'avaient menés, pendant un siècle, les
Lavoisier et les Laplace, les Berthollet, les Favre, les
Thomsen et les Berthelot ; et le cours de chimie du collège
Stanislas avait eu la primeur de ce grand principe de
philosophie naturelle.

A côté de Vazeille et de Moutier, que de maîtres il nous
faudrait encore saluer, dont notre mémoire reconnaissante nous rappelle les noms et les figures !

Il nous faudrait dire ces classes de littérature, véritable
délassement pour nos jeunes esprits fatigués d'abstrac-
tions ; ces classes où, tour à tour, Gustave Larroumet
savait lire avec tant de finesse et conter avec tant de
charme ; où, à notre prière, il nous donnait les prémices
de sa thèse exquise sur Marivaux, inauguration d'une
brillante mais trop courte carrière.

Il nous faudrait citer ces nombreux répétiteurs, les
uns réputés pour leur indulgence, les autres redoutés
pour leur sévérité ; chaque semaine, ils venaient scruter
nos récentes acquisitions en mathématiques et en physique. Qui de nous n'a gardé un vivant souvenir de
Gaudin, dont nous admirions la prodigieuse érudition
chimique, la juvénile ardeur en faveur de la théorie
atomique ? Successeur de Moutier, lorsque celui-ci fut
nommé examinateur de sortie à l'École polytechnique,
Gaudin fut enlevé par une mort prématurée à l'estime et

à l'affection de tous ceux, maîtres et élèves, qui l'avaient
approché. Qui de nous a oublié les interrogations si
instructives que nous adressait M. Désiré André? Celui
qui nous questionnait était, nous le savions, un algé-

SALLE DE GYMNASTIQUE TRANSFORMÉE EN SALLE DE FÊTE

briste renommé, un maître de l'analyse combinatoire ;
l'eussions-nous ignoré, que nous l'eussions bientôt deviné ;
et l'approbation fut unanime lorsque le directeur du collège lui confia l'héritage de Vazeille.

Un jour, je fus appelé pour être interrogé en physique
par un répétiteur auquel nul d'entre nous n'avait encore
eu à répondre ; c'était un prêtre, très jeune, que ses che-

yeux blonds et son regard clair rajeunissaient encore ; il
venait de quitter sa chère Bretagne pour préparer, à Paris,
l'agrégation des sciences mathématiques qu'il devait
bientôt enlever de haute lutte ; mais il n'était pas pour
nous un inconnu ; quelques années auparavant, élève de
l'école des Carmes, il avait suivi, à Stanislas, les cours
de mathématiques spéciales ; la vivacité de son esprit,
son aptitude aux sciences exactes, non moins que sa
droiture et sa franche camaraderie, avaient laissé à l'école
préparatoire de vivaces souvenirs — presque une légende.
En cette première « colle », il m'interrogea peu ; il me
parla beaucoup des maîtres qu'il était heureux de retrouver, de la maison où il était joyeux de rentrer ; et, ce jour-
là, naquit entre nous une amitié que le temps devait rendre
toujours plus solide et plus confiante. Il ne songeait pas,
ce jour-là, le jeune prêtre breton, que, vingt ans plus
tard, les maîtres dont nous parlions avec affection, chas-
sés de cette maison qu'ils avaient faite grande et prospère,
prendraient le chemin de l'exil ; il ne prévoyait pas que
l'esprit jacobin soufflerait en tempête et que, pour gou-
verner Stanislas dans la tourmente, pour le piloter au
milieu des écueils, c'est à sa main ferme et à son regard
clairvoyant que les anciens élèves auraient recours.

Non, certes, nul ne prévoyait l'orage, tandis que l'école
préparatoire florissait sous la paisible direction de
M. Biehler. La figure calme et sereine sous l'immuable
calotte de velours, le regard souriant derrière les inamo-
vibles lunettes, notre directeur causait doucement, avec

quelques « taupins .», en un coin de la vaste cour ; la
conversation roulait sur une haute théorie d'algèbre ou
d'analyse ; il en avait, la veille, exposé les premiers principes en une de ces conférences où la voix toujours égale,
la diction toujours impeccable déroulaient des démons-

LA PROMENADE A CHEVAL

trations d'une extrême rigueur et d'une parfaite élégance ;
et maintenant, il poursuivait sa conférence en un entre-
tien familier, nous montrant, derrière les propositions
déjà connues de nous, un domaine sans limite de vérités
nouvelles, faisant luire à nos yeux, par delà les clartés
familières, les infinies splendeurs de la science.

Quelques utilitaires s'éloignaient du groupe qui entourait M. Biehler ; ils dédaignaient ces hautes spéculations ;
à quoi bon tout cela, puisque ce n'était inscrit dans le
programme d'aucune école et qu'aucun examinateur ne

s'en enquérait? Mais ils étaient rares à cette époque, les *
utilitaires, et mal vus à l'école préparatoire de Stanislas ;
c'était notre point d'honneur de poursuivre avec passion
la vérité pure, pour elle-même, par amour de sa beauté ;
nous nous piquions de dédaigner les calculs mesquins de
ceux qui, le programme d'un concours à la main, mar-
chandent avec la science et la veulent soumettre au tarif ;
nous n'acceptions pas un succès acheté au plus juste prix,
et comme au rabais.

D'ailleurs, il s'imposait à notre respect et à notre admiration, ce religieux vêtu de noir, à l'air timide et doux.
Nous le savions capable de prendre rang parmi les meilleurs analystes, auprès des Appell, des Émile Picard, des
Poincaré, dont les géomètres accueillaient alors avec
faveur les premiers travaux ; sa thèse sur la théorie des
fonctions elliptiques, véritable chef-d'œuvre d'élégance
algébrique, avait soulevé en Sorbonne des applaudissements dont l'écho avait retenti jusqu'à nous ; nous
savions que la vocation religieuse de l'enseignement, le
désir de former des hommes, des Français et des chrétiens, l'avaient seuls décidé à renoncer à la science, à ses
joies et à ses honneurs ; nous devinions combien ce sacrifice avait coûté, et nous sentions nos cœurs émus de
reconnaissance.

De temps à autre, un vieillard boiteux, appuyé sur une
énorme canne, peinant et essoufflé, gravissait lentement
l'escalier qui menait à la petite chambre de M. Biehler.
Parfois, un nouveau regardait avec étonnement cette labo-

rieuse ascension ; mais le sourire qui, déjà, glissait sur ses lèvres, se changeait bien vite en une respectueuse curiosité lorsqu'un ancien avait murmuré à son oreille le nom du vieillard estropié : Hermite ! Le grand géomètre avait, pour quelques heures, quitté sa laborieuse retraite ; il venait rendre visite au religieux qui avait été son élève et qui était demeuré son ami.

Hermite ne pouvait donner une plus grande marque d'affection à M. Biehler que de s'enquérir de ses chers « taupins », que d'en interroger quelques-uns. Assis auprès d'Hermite, devant la table de notre directeur, tout ému d'approcher celui que l'Europe savante tout entière saluait comme la plus pure incarnation de l'esprit mathématique, l'élève s'efforçait d'exposer de son mieux les théories qu'on lui avait enseignées ; alors, non sans étonnement ni confusion, il entendait le grand géomètre s'extasier, en exclamations d'une naïve et modeste simplicité, sur la beauté des démonstrations qui lui étaient dites, voire sur le talent d'algébriste de celui qui les disait ! Lorsque celui-ci rentrait en étude, après une telle interrogation, il avait conscience d'avoir, de tout près, contemplé le génie.

Quelquefois aussi un prêtre grand, au corps amaigri, au dos voûté, aux traits fatigués et colorés d'une maladive rougeur, traversait à pas lents notre cour ; il allait bientôt mourir d'une mort atroce ; tout le monde le savait, et il le savait mieux que tout le monde ; il passait, entouré d'un respect profond, et, surmontant ses douleurs, il nous souriait doucement ; connaissant chacun de nous mieux

16

qu'un père ne connaît ses enfants, il nous prodiguait, en une surprenante et suprême sollicitude, tout ce que la maladie rongeuse lui laissait de force et d'activité ; et lorsque l'abbé de Lagarde nous avait adressé la parole, nous demeurions troublés jusqu'au fond de l'âme, car nous sentions que nous venions de converser avec un saint.

PIERRE DUHEM.

L'ABBÉ PRUDHAM

(1884-1903)

M. l'abbé Florian Prudham était le directeur du collège Stanislas. C'était un homme de haute taille, d'aspect robuste, de visage doux. Il me pardonnera de mettre son portrait au passé : je détache son image d'entre les souvenirs d'une enfance qui n'est plus.

Toute sa personne respirait la bonté. Sa paternelle figure, aux joues rondes et aux lèvres fines ; sa tête reposant d'ordinaire sur l'épaule gauche, et dont les cheveux noirs retombaient sur le col en volutes tranquilles ; l'habitude entière du corps, le geste ecclésiastique de ses mains croisées sous les manches ou pressées lentement paume

à paume, le coude gauche collé au buste par l'usage d'y
serrer le bréviaire, tout en lui exprimait cette paix per-
suasive d'une force depuis longtemps convertie en douceur. Si d'un mot on pouvait le peindre, ce mot serait la
patience. Une inégalité, une vivacité, un brusque mouvement, c'est ce qui, de sa part, eût paru impossible. Jamais
on ne le vit malade, jamais jovial, jamais chagrin. Cette
sérénité inaltérable du caractère s'étendait à toute l'existence, imprimait en tous le respect. En dix ans, il ne
parut pas se charger d'une année. Il vivait immobile en
une saison indéterminée de la vie, sorte de prolongement
avancé de l'âge mûr, qui était moins l'ouvrage du temps
que le chef-d'œuvre du régime et de l'excellence de
l'esprit. Tel nous l'avions quitté le jour de la sortie, tel
nous le retrouvions à la rentrée d'octobre : il n'avait pas
changé plus que les choses autour de lui. Il semblait partager la vie de ces pierres, de ces murs graves et sou-
riants, des beaux arbres du parc qui étaient le cadre de
son gouvernement, et que chaque année peuplait d'une
nouvelle jeunesse. C'est le privilège de ceux qui se
dévouent aux jeunes gens : ils ne connaissent pas la vieil-
lesse. Cet âge, qu'on croit ingrat, et qui aime ceux qui
l'aiment, leur rend en échange un reflet de sa propre
aurore.

M. l'abbé Prudham succédait à la charge de l'abbé de
Lagarde. L'héritage était redoutable. On n'attend pas ici
un parallèle en forme de leurs directions. Pour ma génération, M. de Lagarde n'était qu'un nom, que nos plus

vieux maîtres d'études prononçaient d'un ton pénétré, de l'air des vétérans qui parlent du passé, dont la beauté est faite souvent, à leur insu, du regret de leurs souve-

L'ABBÉ PRUDHAM

nirs. C'était encore le bruit nasillard et confus de la voix du lecteur psalmodiant au réfectoire l'histoire du grand directeur, en deux volumes in-octavo, plaisir qui alter-nait, de six mois en six mois, avec celui d'entendre la vie de Garcia Moreno. C'était enfin un méchant daguerréotype, jaunissant dans les antichambres, où il présidait aux attentes : une face camuse, énergiquement laide, aux traits tourmentés, gravés dans les chairs à l'eau-forte, aux yeux brûlants de volonté. Tel était pour nous le fantôme de M. de Lagarde. Il est donc difficile, dans ces conditions, d'essayer la comparaison avec son successeur. Ce serait d'ailleurs mal connaître l'esprit des maisons religieuses, que de les croire sujettes aux changements des personnes : elles vivent par la tradition. M. l'abbé Prudham incarna cette tradition à son tour, et le collège, entre ses mains, ne dégénéra pas.

Il n'y réussit pourtant pas sans montrer des qualités originales et de véritables talents. Les élèves naturellement ignorèrent toujours parmi quelles difficultés renouvelées sans cesse leur directeur parvint à conduire la maison toujours menacée. Ils en jugent mieux aujourd'hui. Ils ont appris à estimer, au moins par conjecture, à quel prix le salut du collège, dans ces circonstances délicates, fut si longtemps possible. Ils comprennent ce qu'il y fallut de tact et de mesure, de prudence, d'habileté, d'inflexible souplesse. La vie de Stanislas fut, à n'en pas douter, un chef-d'œuvre de temporisation, de ménagements et de diplomatie. Mais nous serions tentés, en songeant aux bienfaits que nous devons à ces efforts, d'en vouer à leur auteur moins d'admiration encore que de reconnaissance.

La prospérité même du collège était un perpétuel danger. Moins brillante, la maison eût excité moins d'envie, et peut-être eût-elle échappé à la jalousie de ses rivales. La préparation aux grandes écoles était une spécialité de Stanislas. On était parvenu à immobiliser le succès, à en faire une sorte de règle : on comptait les années où l'on

UN JOUR DE SORTIE

« n'avait » pas le *major* d'entrée à Saint-Cyr. Il y avait une proportion constante d'admissions à Polytechnique : un tiers ou la moitié des élèves présentés, c'était le compte. Le digne et savant M. Bichler en faisait son affaire. Si l'on négligeait un peu l'École centrale, on se rattrapait en Marine.

En 1894, fut créée, sous la direction de l'admirable M. David-Sauvageot, une classe spéciale de rhétorique supérieure : dès la première année, on obtint une place à l'École normale et cinq places à la licence. Aux concours généraux, c'étaient de semblables triomphes. Le prix d'honneur, longtemps borné aux mathématiciens, passa en 1893 à un élève de M. Doumic, puis, en 1895, à un « philosophe », qui était notre ami Barthélemy Raynaud. Ce prix sembla dès lors une propriété, un monopole de Stanislas : il demeura trois ans de suite dans la classe du même professeur. Pour l'en déraciner, il ne fallut pas moins qu'une mesure violente : l'interdiction de concourir. Quelles fêtes, quelle fièvre en ces derniers jours de juillet ! Que d'impatience, que d'angoisses ! Lorsque l'abbé Prudham, revenant de la Sorbonne, faisait son entrée par le haut de la cour de seconde, comme la cour, déserte à cette heure, en un instant se remplissait ! Études, dortoirs, tout se vidait : chacun plantait là ses bagages, sa malle béante faite à demi, ses livres hâtivement bouclés dans leur courroie ; on accourait au pied des degrés de la porte grillée qui mène à la chapelle, à l'endroit où le sonneur se plaçait pour tinter la cloche qui scandait les heures de l'année ; et là, le directeur en proclamait les résultats. Le bruit se répandait jusqu'au fond du collège. Les noms couraient de bouche en bouche, comme le vent de feuille en feuille. C'était une joie électrique. Il n'est pas jusqu'au dernier cancre, aux garçons qui ciraient les bottes, qui ne recueillissent fièrement quelque éclaboussure de la gloire commune. « Nous avons le prix d'honneur ! » Pour un peu, on eût dit : « Je

l'ai ! » Seul le triomphateur demeurait étonné au milieu
de sa gloire ; surpris de se sentir moins ravi que frappé,

MONSEIGNEUR D'HULST

il consultait le visage des autres, pour y découvrir sur
leurs traits l'impression de sa victoire.

Ces succès, qui faisaient la renommée de la maison, ne
cessaient d'y attirer de nouvelles recrues. C'était là un

17

péril d'une nouvelle espèce, et d'un ordre peut-être plus
grave que tous les autres, car il était intérieur. Mille
élèves : l'abbé de Lagarde, dit-on, avait exprimé le vœu
qu'on n'excédât jamais ce nombre. J'entrai, en 1887,
avec le chiffre 1260 ; mon frère, quatre ans plus tard,
était « le 1416 ». Nous aurions tous deux mauvaise grâce
à nous plaindre de cet élargissement de la maison.
N'était-il pas pourtant à craindre qu'on ne dissipât peu à
peu le précieux trésor moral dont l'institution devait être
surtout jalouse ? Entre tant d'éléments nouveaux qui
pénétraient dans le collège, ne risquait-on pas d'en laisser
passer de médiocres ? Toujours est-il que le directeur
mesura clairement l'étendue de sa responsabilité, et fit
en sorte de suffire à sa tâche ainsi agrandie. Il ne négli-
gea rien pour rester en contact avec les derniers de ses
élèves. Chaque semaine, il faisait en personne la lecture
des notes, cérémonie publique, grave, mêlée d'avertissements, affrontée avec tremblement, comme une sorte de
lit de justice. Ce qui paraîtra remarquable, c'est qu'il sût
conserver dans ces fonctions une si grande autorité, avec
des moyens de parole qui n'avaient rien que d'ordinaire.
L'éloquence n'était l'ambition d'aucun de ces messieurs
de Stanislas. On eût dit qu'ils réprouvaient cet ornement,
se retranchaient à dessein ces grands mouvements et cette
pompe, qui n'eussent pas manqué leur effet sur des âmes
naïves. C'était de leur part un respect supérieur de l'esprit
des enfants, qu'ils voulaient toucher sans avoir recours
aux artifices et aux illusions ; c'était aussi une pudeur qui

les retenait de parler avec éclat des vertus qu'ils savaient si excellemment pratiquer. Ces maîtres admirables nous donnaient des leçons fort nues, d'un ton de grisaille, et des exemples incomparables qu'obscurément nous devinions. Ils nous enseignaient à merveille à nous défier des mots. Ils auraient rougi de nous persuader la morale et la science de la vie avec les grâces qui servent aux arts d'agrément.

Mais la meilleure part de l'action de l'abbé Prudham, c'est celle qu'il exerçait dans le secret des consciences, non plus comme directeur, mais comme prêtre. On ne comprendrait rien au caractère de Stanislas, si l'on ne saisissait cette nuance délicate. On me permettra de l'éclairer par un exemple. En 1894, notre cher ami Marc Sangnier — c'est lui qui raconte ce fait — se trouva refusé à l'examen d'entrée à Polytechnique. Il réussit l'année suivante. Mais l'échec était grave et si douloureux qu'il gâtait le plaisir de ses camarades reçus, tant on savait le prix qu'il attachait à cette épreuve ; cette année-là, chacun ne triompha qu'à demi, à voix basse et comme à regret. Nous avions alors parmi nous un maître d'une éloquence singulière, un esprit rare, profond, inquiet et qui, à nos yeux, avait plus qu'un éclair de génie. Il jouissait d'un grand ascendant sur nous tous, et avait puissamment secondé la fondation récente de la *crypte*. Mais ses opinions l'obligeaient à cette heure même de se séparer du collège et, tristement, de faire schisme. Marc Sangnier l'alla voir dans sa cité de Vaugirard, à l'atelier de peintre où s'était

installée son œuvre mi-esthétique, mi-morale. Ils par-
lèrent tous deux avec mélancolie, se confièrent leurs
mutuels ennuis, s'encouragèrent à l'espoir. Nul doute que
celui dont je parle ne l'ait fait dans ce langage pénétrant,
imagé, chatoyant, de cette voix mélodieuse qui était son
secret et qui savait ensorceler. M. l'abbé Prudham était
loin de disposer d'un tel registre de séductions. « Mais,
que veux-tu? ajoutait Marc, il pouvait me parler du bon
Dieu. »

Qu'on imagine ce que devenait ce pouvoir, lorsqu'on
s'adressait à lui pour cette suprême confidence qui est la
confession. Ce sont ici de tels mystères, qu'on ose à peine
les évoquer, de peur de profanation. Mais comment ceux
qui lui avaient dit « Mon Père » au saint tribunal auraient-
ils oublié, dans le reste de l'existence, qu'ils étaient vraiment ses enfants? Toutes les supériorités du monde,
devant ce signe sacré, pâlissent. Devant ces paroles de
paix, de tendresse, de pitié qui tombaient de ses lèvres,
comme une neige consolatrice, et qui étaient en même
temps le sacrement de Dieu, il n'y a qu'à se taire et à se
mettre à genoux.

Et quand on a fait tout le tour, déjà long, de ses souvenirs, et qu'on cherche l'endroit du monde où l'on
préférerait « qu'une tente vous fût dressée », et le temps
de la vie où l'on souhaiterait revenir, on se prend à trouver
que ce lieu, ce moment à jamais regrettables, c'est la chapelle surchargée, étincelante et sombre où l'on était si
près de Dieu, où un enfant abîmé dans ses rêves et ses

prières aspirait à la vie avant d'avoir vécu, comme on
écoute sans la voir la rumeur prochaine de la mer, et où

UN RÉFECTOIRE

l'on ne pouvait monter sans rencontrer sur les degrés
l'image transversale du *Christ mort* de Holbein.

* *

Le censeur du collège était, quand j'y entrai, M. l'abbé
Sattler. Il m'était peu connu. Il fut d'ailleurs bientôt
appelé à de nouvelles fonctions, celles de directeur de
l'institution Sainte-Marie, à Monceau, où il se distingua
et fit connaître ce qu'il valait. Ma mémoire ne m'offre

de lui que l'image incomplète d'une haute figure ascétique,
anguleuse et un peu tranchante. Je regrette sincèrement
que l'état de mes souvenirs ne me permette de tracer
que ce profil par trop succinct : car une conversation qu'il
voulut bien avoir avec moi, quand j'avais treize ou qua-
torze ans, m'a laissé l'impression d'une véritable bonté.

Rien ne changea en apparence quand, en 1893, un
nouveau censeur succéda à l'abbé Sattler. Le cabinet où il
se tenait, avec ses deux fenêtres sur la cour de troisième,
ne reçut pas même un rideau ou un tapis de plus. Le mauvais bronze qui surmontait la pendule, et qui figurait
Jeanne d'Arc, demeura à sa place sur la cheminée, devant
la glace, entre les deux flambeaux dépourvus de bougies.
Les livres mêmes, sur les rayons vitrés courant le long
des murs, les classiques latins de Didot reliés en veau
noir, les œuvres d'Ozanam et de Montalembert, furent
respectés sous leurs courtines de serge verte. Rien ne fut
altéré dans la physionomie des choses. L'aliment intellectuel que représentent les lectures fut accepté tel quel par
le nouveau venu. Le poste demeurait quelconque, imper-
sonnel. Mais il venait d'y entrer un homme.

L'abbé Leber paraissait jeune, avec cet air d'enfance
que conservent souvent les ordres, un enjouement, une
gaieté, un rire fréquent de sa bouche vaste, et qui ne
craignait pas l'éclat. On peut dire que par où il passait,
il y mettait de l'air. Toujours pressé, toujours nu-tête,
subit, prompt, courant même, c'était plaisir de voir son
immense personne aller, venir d'un bout à l'autre du

collège, la dignité et la soutane suivant comme il plaisait
à Dieu. Rien chez lui d'apprêté, d'étudié; tout était libre,
spontané, jaillissant. Il était, comme on dit, « en dehors »,
chose surtout frappante dans une maison où la règle,

PELOUSE ET SALLE DES JEUX DE LA VILLA JEANNE-D'ARC, A BELLEVUE

l'uniforme, étaient chez tous les maîtres une seconde
nature. Rien que par là, il nous eût tous charmés. Mais
ce serait lui faire tort que de s'en tenir à ces traits que je
jette, pour attraper la ressemblance, un peu à l'aventure.
S'il avait coutume de soustraire à nos yeux ses médita-
tions, pour ne nous en livrer que le fruit, et de faire fré-
quemment usage des retraites à Bellevue, il y avait plus
d'un moment où on le surprenait sérieux, brusquement

grave, solennel. Lorsqu'il avait à dire quelque chose
d'importance, il avait l'habitude de se redresser en arrière
sur sa chaise, en battant légèrement la table du bout
de son coupe-papier, et de parler les yeux à demi clos.
On s'apercevait alors du ravage de cette large figure,
que n'illuminait plus le regard, de sa croissante pâleur,
du halètement plus sensible et des saccades de la voix :
et cette image du mal qui devait l'emporter se mêlait sur
sa face souffrante à la flamme du mysticisme.

Dans la vie du collège, M. l'abbé Leber fut l'audace. Ce
que la sévère prudence, ce que les multiples soucis qui
l'absorbaient au dehors eussent empêché peut-être le directeur d'entreprendre au dedans, il le fit. Il sut, quand
Marc Sangnier s'ouvrit à lui du projet de la *crypte*, du
premier regard en apercevoir l'avenir. Il est même pro-
bable qu'il vit dès lors beaucoup plus loin que nous,
quoiqu'il ait eu l'indulgence de nous laisser le plaisir
de découvrir nous-mêmes les conséquences de ce dessein.
Il est permis de croire qu'avant de s'endormir dans le
dernier repos, ce lui fut une douceur suprême d'avoir
laissé s'écrire cette page de l'histoire du collège où, qui
sait? il lisait peut-être l'esquisse ou le premier brouillon
d'une page de l'histoire chrétienne de la France.

* *

Les souvenirs se pressent : il faut choisir, et je m'y
résigne à regret. Il n'y a pas un de ces maîtres de Stanislas à qui je ne me sente redevable de quelqu'un de ces

bienfaits sans prix qui font partie de la richesse de l'âme, et qui ne manquent qu'avec la vie. Mon esprit me semble un concert où chacun d'eux a éveillé une note ; je distingue encore l'écho de chacune de ces voix.

Quelle galerie charmante on ferait de toutes ces images, de toutes ces vies sacrifiées sans plainte à cette œuvre

SUR LA PELOUSE DE BELLEVUE

obscure et divine de faire des esprits : depuis M. Gourdel, notre professeur de cinquième, qui vivait avec sa vieille mère, et nous révéla *Colomba*, jusqu'à M. Segond, professeur de philosophie, ami d'école du vénéré M. Ollé-Laprune, qu'il savait ne pas envier, et qui se consolait de ses yeux perdus en écoutant sa fille lui lire Malebranche ! C'est encore M. l'abbé Ackermann, esprit ingénieux, fertile, infatigable, cerveau d'une limpidité de cristal, âme d'une admirable jeunesse : son image est liée pour moi à

13

la découverte de l'Italie : il me serait à peine plus cher
si nous avions fait ensemble celle du paradis terrestre.

Je n'eus pour professeurs ni le savant et spirituel M. des
Granges, ni l'érudit M. Sudre, ni Édouard Trolliet, le noble
et lamartinien poète, le confident mélancolique de *l'Ame
d'un résigné,* ni l'excellent M. Lorber, dont le tonnerre
venait à bout de la lecture du palmarès comme d'un
hymne pindarique, et qui enseignait l'allemand aux
futurs saint-cyriens de l'air dont il les eût menés à la
revanche sous Berlin. C'est lui qui eut l'idée, lorsque
Cyrano débuta en cadet du *Cid,* de louer un jour le théâtre
où tous les jeunes « Stanislas » allèrent rendre un joyeux
hommage à leur merveilleux devancier.

Tous ces maîtres nous étaient chers, mais tous ne nous
étaient pas également sensibles. Certains d'entre eux
étaient d'irrésistibles entraîneurs. M. Richardot avait rendu
sa classe (la quatrième) fanatique de Xénophon, capable
de prodiges en grec et de prouesses en vers latins. Nous
savions tous par cœur la bataille de Cunaxa, et les élèves
du dernier banc « retournaient » sans erreur un vers
asclépiade ou une strophe alcaïque. La récompense était
d'entendre, tous les vendredis soirs, un quart d'heure de
lecture du *Capitaine Pamphile.* Le professeur d'anglais,
M. Roulier, avait la voix digne de son nom. On l'entendait
d'un quart de lieue. On eût dit, à l'ouïr, que tout le secret
de la langue consistait à la bien rugir. Sa classe ressem-
blait à la fosse aux chacals. Il portait cheveux ras, mous-
tache de mousquetaire, sur une figure ronde cousue de

... plus cher
... terrestre.
... M. des
... Gaillet, le noble
... de l'âme
... dont le tonnerre
... comme d'un
... allemand aux
... ... à la
... lorsque
... tout le théâtre
... rendre un joyeux
...

... mais tous ne nous
... d'entre eux
... avait rendu
... capable
... latins. Nous
... les élèves
... un vers
... récompense était
... quart d'heure de
... professeur d'anglais,
... On l'entendait
... que tout le secret
... la classe ressort
...
...

Cliché Duardin

ENTRÉE DU COLLÈGE STANISLAS RUE N-D-DES CHAMPS
(1905)

petite vérole, qui sortait d'un col bas et largement ouvert,
« pour s'aérer le gosier », disait-il. C'est à lui que je dois
de lire familièrement Chaucer et Shakespeare.

Quelques autres, au contraire, exerçaient une action
plus secrète, moins définie, dont l'effet ne se découvrait
quelquefois qu'à longue échéance; ceux-là semaient pour
l'avenir. Il m'arrive encore aujourd'hui de comprendre tout
à coup le sens d'une réflexion, d'une remarque fine, dont
l'esprit m'échappait jadis, et que je croyais oubliée. C'est
ainsi que M. Durand, qui nous enseignait le latin en rhétorique (le nom en existait encore : il n'est plus, et je le
regrette) : c'est ainsi, dis-je, qu'à force de fuir les effets et
de ne rechercher que le juste et l'exquis, ce maître vraiment supérieur eût risqué de rester un peu étranger à des
enfants d'un âge où l'on aime le brillant, s'il n'y avait pas
eu en lui je ne sais quoi qui s'adressait à une partie de
notre âme encore mal éveillée, et nous imposait le respect
de sa belle raison et de sa scrupuleuse conscience. Je
me reproche de n'avoir compris que longtemps après la
valeur d'un tel maître, de même que les années m'ont été
nécessaires pour estimer à son vrai prix le dévouement
sans mesure de M. David-Sauvageot. On peut dire de
celui-ci qu'on l'admire, puisqu'il n'est plus. Rien n'em-
pêche plus d'écrire quelle dette de reconnaissance oblige
tous ses élèves envers sa mémoire. La passion du maître,
le don de l'âme à l'âme, jamais je ne les ai vus chez
aucun homme à ce degré. La belle parole que « l'enseignement, c'est une amitié », il la réalisait tout entière, et

même avec excès, puisque, pour lui, c'était vraiment de l'amour. Cette ardeur l'avait consumé avant l'âge. Il est mort jeune encore, brûlé de sacrifice et de l'exaltation du devoir accompli. Il avait de grands talents, que l'Académie française a deux fois couronnés, et qu'héroïquement, il immolait à son ingrate besogne de correcteur de proses médiocres et de latin barbare. Jamais nous ne le vîmes montrer l'ombre d'une amertume. Un soupir parfois, c'était tout. Au contraire, il semblait reporter sur nos têtes toutes ses espérances blessées. De bonne foi, il nous admirait. On sera surpris qu'il ne nous ait pas tourné la cervelle : c'est qu'on le sentait vivre avec nous à cœur ouvert, et que son affection nous semblait plus précieuse encore que ses louanges. Je vois toujours sa forte personne rocheuse, ses épaules carrées de provincial du Jura, son front prématurément chauve qui n'ôtait rien à la jeunesse, sa belle barbe blond châtain qu'il tourmentait en parlant. J'entends sa parole trépidante, son débit irrégulier, plein de fougue, de pittoresque, de bonheurs, de trouvailles. Il paraissait taillé pour vivre quatre-vingts ans. Il s'abattit à trente-neuf, terrassé d'un mal foudroyant. Mais il laisse dans le cœur de quiconque l'a connu quelque chose de plus fécond peut-être que ses meilleurs discours : une affection impérissable, et l'exemple de sa belle vie.

Je voudrais faire une place à part à un maître qui n'a fait que passer par Stanislas, avant de s'en aller, dans une université du Midi, enseigner les littératures compa-

récs. M. Joseph Vianey, professeur de seconde, était le
petit-neveu du bienheureux curé d'Ars, dont il vient d'é-
crire une Vie qui fait songer à saint François raconté par
saint Bonaventure. Il était alors occupé par sa thèse sur
Régnier qui a fait époque dans l'histoire poétique de notre
Renaissance. Sa manière d'enseigner était un enchante-

SUR LA PELOUSE DE BELLEVUE

ment : c'étaient des évocations, des comparaisons, des ana-
lyses qui ravissaient, nous faisaient pénétrer, surpris,
dans l'âme des chefs-d'œuvre, et nous découvraient leurs
secrets. Il comparait devant nous une page de Tacite et
une page de Racine, la traîtrise de Narcisse avec celle
d'Iago, l'ambition dans Néron et Macbeth, la fable des
Membres et l'Estomac dans La Fontaine et dans Shakespeare. Il nous faisait saisir la manière des maîtres, par
une application de la critique de Taine, en son livre sur
le fabuliste. Qu'on juge des plaisirs que devait nous
donner la possession subite d'un pareil instrument; nous

ne doutions pas d'avoir entre les mains l'universel Sésame
qui allait nous ouvrir tous les trésors de la pensée; il ne
nous venait pas dans l'esprit que la méthode est peu de
chose, sans le cerveau qui l'a conçue. N'importe, c'était
bien une année mémorable, que celle où nous fut révélée
la poésie d'Hugo, de Lamartine, de Musset, où nos âmes
prirent l'habitude des vastes perspectives de l'histoire
alliée à l'étude des chefs-d'œuvre. Il y a un moment dans
toute existence où les yeux s'ouvrent tout à coup: moment
d'ivresse, d'éblouissement, de joie. Cette année-là fut,
pour nous tous, celle où nous découvrîmes le plus d'ho-
rizons nouveaux et où nous vîmes, à travers le prisme de
nos livres de classe. s'animer le vieil univers.

Il va sans dire qu'après quelques mois de ce doux ver-
tige, nous avions besoin d'un sévère rappel à l'ordre et à
la discipline. J'eus la bonne fortune de devenir l'année
suivante l'élève de M. René Doumic : le nommer c'est tout
dire. C'était l'époque où commençait sa collaboration
au *Journal des Débats* et à la *Revue des Deux Mondes*; toute
la classe s'honorait de la renommée naissante de son jeune
professeur. Le bien qu'il nous fit, dans l'état où nous
nous trouvions, fut quelquefois cruel. Il avait un talent
en lisant nos copies, sans observations, et du ton le plus
naturel, qui était à nous arracher des larmes de honte :
je parle du patient, car ces exécutions étaient un régal
pour les camarades. Ce maître exquis aurait fait plus que
tous les autres pour nous former le goût, si le goût pouvait se former. C'est ce qui me retient de me dire son

élève, bien qu'il m'ait fait depuis quelque chose de
plus [1].

* *

Mais tout l'enseignement ne venait pas des maîtres :
une partie considérable de l'éducation se passe entre

LES PAGES LE JOUR DE LA FÊTE-DIEU

camarades. Émulation, conversations, discussions, lectures, ce serait tout un monde à décrire, le sujet d'un nouveau *Louis Lambert*. Que de figures que je vois encore et
dont j'illustrerais ces pages si j'en avais le temps ! Que de

1. Je m'aperçois, en me relisant, que je n'ai rien dit de MM. Birot et Gaillard,
nos professeurs d'histoire, ni du digne M. Raguet, professeur en troisième. Je
ne veux pas non plus oublier M. A. Raynaud, notre professeur de dessin : élève
de Bouguereau, si je ne me trompe, l'enseignement lui laissait peu de loisirs pour
la peinture ; mais il me fit le premier comprendre ce que c'est qu'une âme d'artiste.
Quant à mes professeurs de sciences, je n'ai oublié ni un nom, ni un visage ; mais
j'ai si mal profité de leurs leçons, que je craindrais de les faire rougir en m'a-
vouant leur élève.

garçons charmants, que je n'ai pas revus depuis, et que
je n'ai pas cessé d'aimer! Mais je n'en veux nommer
aucun, faute d'en pouvoir nommer deux qui se sont éloi-
gnés de nous et de leurs souvenirs, et qui nous étaient
chers entre tous, peut-être parce qu'on pressentait leur
amitié plus fragile et plus menacée.

Parmi ce petit peuple, on ne peut se figurer ce qui fer-
mente de vie intellectuelle et de curiosités, parfois sous
des formes risibles : en troisième, c'était la rage de copier
des vers, afin d'en avoir des recueils formés selon nos
goûts, que nous appelions des cahiers de poésies. Dans
ce siècle d'imprimerie, nous compilions des anthologies
comme eussent fait au moyen âge des novices du Mont-
Cassin. Nos préférences d'ailleurs étaient ultra-roman-
tiques, et ne reculaient pas devant le genre macabre : la
Comédie de la mort, de Théophile Gautier, figurait tout au
long dans ces absurdes florilèges. Puis ce fut l'ardeur du
théâtre qui nous saisit : un de nos camarades, fils du
rédacteur d'un journal parisien, et qui avait à ce titre ses
entrées à la Comédie, nous communiqua ce démon que
nous satisfaisions en dévorant, faute de mieux, les œuvres
complètes d'Émile Augier et de Dumas fils, y compris les
préfaces. Qu'y entendions-nous ? C'est une autre affaire.
Bientôt cette fureur de lectures s'étendit à tout le reste ; un
stagiaire, qui préparait un livre sur l'hellénisme de Rabe-
lais, nous donna la démangeaison de connaître Panta-
gruel; nous l'apprîmes par cœur. En philosophie, nous
en tînmes pour Platon, dans la traduction de Cousin, et

Pascal, édition Havet. Comment s'arrangeaient-ils entre
eux? Mystère. Le fait est que ce furent nos livres de che-
vet. L'année d'après, nous en étions à Sully Prudhomme
et à Verlaine. Nous nous réunissions étroitement en cercle
dans un angle de la cour, pour nous réciter *les Caresses*,
le Vœu, *l'Agonie*, et la merveilleuse élégie de Faustus dans
le Bonheur; nous eussions donné tout Bossuet pour les
sonnets de *Sagesse*.

De temps à autre, une idée qui flottait dans l'air ou qui
éclatait brusquement dans Paris, pénétrait chez nous,
éveillait dans nos cœurs un long retentissement. Ces
événements prenaient d'autant plus d'importance qu'ils
étaient plus rares : car l'ensemble de notre vie était fort
studieux, et il n'est pas difficile de voir, à ce tableau
fidèle, que nous étions surtout de bons écoliers un peu
niais. Le cours que M. Brunetière faisait à la Sorbonne
était un de ces événements. Ils se présentaient plus souvent sous la forme de quelque article de la *Revue des Deux
Mondes*. Tantôt c'était une étude lumineuse de M. Emile
Faguet, sur *l'Alexandrinisme*, qui nous fit comprendre
l'état où devaient se trouver les auditeurs de Guillaume
Schlegel; tantôt c'était l'apparition d'un nouveau génie,
la soudaine révélation d'un Gabriele d'Annunzio. Les deux
articles de M. Lemaître sur *les Littératures du Nord*, de
M. de Vogüé sur *la Renaissance latine*, demeurèrent pour
nous comme les deux battants d'une porte qui ouvrait
en tournant, aux deux pôles de l'esprit, un double monde
de rêves.

19

Ainsi, dans ces murs du collège, isolé au milieu d'un îlot de maisons, protégé, voilé par son parc, qui feutrait les bruits du dehors, par une sorte de perméabilité étrange entraient de toutes parts les pensées nouvelles, ruisselait, débordait la vie.

LOUIS GILLET.

 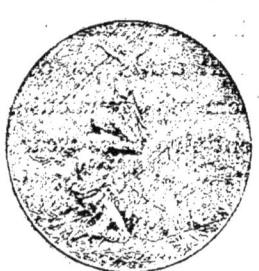

MÉDAILLE OFFERTE A M. L'ABBÉ PRUDHAM
Par le Comité de l'Association,
le 25 février 1903.

LA CRYPTE ET L'ABBÉ LEBER

(1894)

Vieux souvenirs de dix ans !... Plus que jamais nous vivons parmi eux, s'il est vrai que les rêves d'alors, chaque jour, se font réalités. Plus que jamais les désirs et les enthousiasmes de notre adolescence peuplent notre vie, puisque, partout autour de nous, ils ont pris forme et consistance, ils se sont faits chair.

Cette petite crypte de Stanislas dans les sous-sols des bâtiments neufs, ce fut le berceau. Nous ne pouvons y songer encore qu'avec reconnaissance et attendrissement.

Nous étouffions parmi les arides travaux de l'école préparatoire avec, pour tout horizon, la porte dorée de

Polytechnique. Tout ce qu'il y avait dans notre cœur de
profond, d'ardent, de passionné, restait pitoyablement
emprisonné, et c'eût été folie de songer à en alimenter
les quotidiennes conversations si conventionnelles et
banales. Nous ne pouvions pas vivre ainsi. Nous avions
besoin de parler, de crier.

Un jour, n'y tenant plus, nous allâmes trouver le censeur du collège :

— Ces *séances académiques* (j'étais alors président de
l'Académie d'émulation du collège), cela ne nous satisfait pas du tout. Quand la France souffre, quand le peuple
est trompé et a besoin qu'on lui donne le Christ, quand
nous devons nous préparer à faire plus tard la démocratie
et à la féconder dans le sang rédempteur d'un Dieu mort
pour nous sur la croix, quand nous sommes chrétiens
enfin, cela ne nous suffit pas de lire de jolies narrations, de
faire de la musique, de jouer des pièces de théâtre... Il nous
faut autre chose. Tenez, Monsieur le censeur, vendredi
prochain, permettez-nous de convoquer quelques élèves
de chaque division et je leur expliquerai tout. Vous verrez, vous serez de mon avis.

Combien de maîtres eussent hésité, même un seul instant, à nous traiter de fous et à nous renvoyer à l'urgente
préparation de nos examens ! Je ne sais pas au juste, mais
ce que je sais bien, c'est que l'abbé Leber sourit à peine :

— J'ai confiance, dit-il, faites ce que vous voudrez.

— Où pourrons-nous nous réunir? répondis-je triom-
phant.

— Voulez-vous la crypte, sous les nouveaux bâtiments de l'école préparatoire?

— De tout cœur, nous acceptons. Vous verrez, vous n'aurez pas à regretter d'avoir eu foi en nous.

L'ABBÉ LEBER

— Que Dieu vous garde!

Le vendredi suivant, une foule de jeunes camarades s'entassaient dans une petite salle, et nous fîmes devant ce vibrant mais difficile auditoire notre première impro-visation.

Nous dîmes tout : et la stupidité des existences vaines,

encloses dans les corrects préjugés d'une inféconde bonne
éducation, et le devoir de vivre, et l'amour de notre Christ,
et la croisade qu'il fallait entreprendre à la conquête de
l'avenir.

Oh ! cette fièvre d'apostolat, ces interminables conversations pour gagner des disciples à notre Cause, ces visites
dans les cours des autres divisions pour susciter des ini-
tiatives, ces luttes contre l'indifférence ambiante, ces
dévouements d'un bon nombre de nos amis qui, chaque
jour de sortie, allaient jouer avec des fils d'ouvriers dans
des patronages, répondant à l'appel de l'abbé Soulange qui
nous avait révélé un jour à nous, pauvres collégiens, que
le peuple était tout à côté et qu'il y avait une façon à notre
portée de prendre contact avec lui ; ces enthousiasmes,
ces élans vers l'avenir, ces rêves d'action, tout cela resta
enfermé pendant longtemps dans la petite crypte souter-
raine, berceau très aimé ; et je crois que toute ma vie,
lorsque je ressentirai en moi l'appel de nobles idées, je
reverrai cette petite salle avec ses longs bancs en gradins,
éclairée par quelques lampes électriques, cachée mysté-
rieusement sous terre, et où l'on se précipitait en foule,
en se bousculant, avec cette impression émouvante d'une
grande tâche à accomplir à laquelle on se préparait ainsi
dans l'ombre... J'entendrai toujours un lointain écho de
tous ces jeunes cris, de toutes ces fougues de langage, de
toute cette passion, de toute cette foi ; je reverrai aussi la
figure aimée du prêtre qui sut nous conserver intacte
notre liberté, qui travaillait avec une ardeur toute désin-

téressée à enlever les barrières qui auraient pu briser
notre initiative, qui ne cherchait jamais à nous imposer
ses vues personnelles, et qui fit tant pour notre œuvre,

PARLOIR DU GRAND COLLÈGE

mais toujours avec l'intelligente délicatesse de nous persuader que nous étions seuls à tout faire.

Dieu a rappelé à lui notre grand ami. De là-haut, il
doit assister à nos batailles et à nos triomphes, voir nos
jeunes gardes répandre leur sang pour le Christ sur le pavé
de nos rues, écouter les clameurs des foules enthousiastes
dans les meetings populaires, entendre le pape nous
accueillir à Rome dans son haut Vatican avec de douces
et tendres paroles.

... Et nous, au milieu de la bataille, parmi toutes les âpres exigences du combat, nous voulons nous rafraîchir le cœur en songeant à celui qui nous aimait assez pour croire à notre bonne volonté et qui comptait assez sur Dieu pour juger que Dieu la féconderait.

Puisse-t-il ne pas s'être trompé, plus clairvoyant que les timides et les défiants ! Nous voulons que jamais notre lâcheté ne lui donne un méchant démenti, nous voulons qu'il ait eu raison de nous dire : « J'ai confiance en vous. »

MARC SANGNIER.

SOUVENIRS DU PETIT COLLÈGE

(1889-1894)

Après les « souvenirs de jeunesse » des anciens, quelques « vieux souvenirs » d'un jeune. Au fait, datent-ils de
si loin? N'étais-je pas hier au *petit collège* l'élève de
M. l'abbé Ernstberger? — Vieux souvenirs jeunes encore
et prêts pour la glane...

La cour de onzième, petite comme il convient aux petits
qui l'habitent. La récréation bat son plein; toute la gent
enfantine, grands cols marins, cheveux longs et bouclés,
s'agite joyeusement. Il y a là les petits onzièmes et les
grands dixièmes, pleins d'entrain et de gaieté, sous l'œil
bienveillant de leur préfet, M. Bütterlin. Une calotte de

velours noir sur la tête, vêtu d'une longue redingote à larges pans, il se promène, encourageant ceux qui jouent, jouant au besoin avec eux, au cheval par exemple, voire même au chemin de fer. Spectacle inoubliable! Une grappe d'enfants suspendus aux basques de sa redingote,

LA COUR DE SIXIÈME

M. Bütterlin fait le tour de la cour, imitant de la voix et du geste une locomotive puissante et essoufflée l Il est le consolateur et sèche les larmes des maladroits qui tombent. Médecin, presque sorcier, il soigne et guérit les bobos, à la main ou au genou... en soufflant dessus. Il est le juge suprême; il siège, à l'exemple du bon roi saint Louis, mais sous les humbles marronniers; il punit ou absout;

s'il le faut, il intervient au milieu de la bataille pour
séparer les combattants, en les envoyant tous deux
quelques minutes au piquet, entre les deux colonnes du
préau. Il est le refuge des nouveaux, que leurs parents
viennent de lui confier : effarés au milieu du bruit,
ils prennent leur préfet par la main, se cramponnent

L'ABBÉ ERNSTBERGER

à lui désespérément ; les plus timides, redoutant même
la lumière du jour, se blottissent tout tremblants sous
les larges plis de la redingote miraculeuse. Entouré, serré
par cette marmaille, M. Bütterlin laisse apercevoir sur sa
figure rasée un sourire de contentement, et du haut de
sa petite taille il abaisse sur ses « petits » un regard plein
de tendresse. Il les aime tant, eux l'aiment tant aussi !

Après la récréation, la classe. Simple et modeste, le

regard très doux voilé légèrement par les lunettes, la voix
caressante, M. Gausserès était chargé de nous apprendre
à lire, à écrire et à compter. — La classe commence.
« Mes enfants, nous dit-il un jour, si vous êtes très sages,
vous entendez bien, très sages (il appuyait avec intention
sur les mots), je vous dirai, à la fin de la classe... je vous
dirai... ce que c'est qu'une diphtongue. » Une diphtongue !
c'était sans doute un animal extraordinaire conservé dans
les bocaux de M. Gausserès, ou un bonbon nouveau, ou
un papillon merveilleux !... Et la conduite fut exem-
plaire : ni les poissons rouges miroitant au soleil dans
leur aquarium de verre, ni les tableaux illustrés d'histoire
sainte pendus au mur, ni les ombres des personnes passant
dans le couloir ne purent nous distraire. La classe touchant
à sa fin, M. Gausserès nous découvrit son stratagème.
« Une diphtongue, mes enfants, c'est un groupe de deux
ou plusieurs voyelles prononcées d'une seule émission de
voix. » Sur certains visages, il lut une déception trop
cruelle... Du moins avait-il pendant plus d'une heure
maintenu notre attention éveillée, et tout se termina par
une distribution générale de bonbons. Il avait ainsi tout
un système de récompenses : voir un serpent empaillé ou
une salamandre conservée dans un bocal, assister au
repas des petits poissons rouges. Le repas des poissons
rouges ! c'était la faveur suprême, qui égalait dans nos
imaginations la « note dorée ».

Il y avait la « note dorée » ; il y avait aussi la « note
noire », la mauvaise note, le petit carré de papier ironique

sur lequel le coupable pouvait lire : « Bonne Note. » Je la
méritai un jour, et je l'eus. Je ne me souviens plus de la
faute, mais je n'ai pas oublié le châtiment. Ce soir-là, ma
famille me chercha longtemps par toute la maison, et

LA CHAPELLE DU PETIT COLLÈGE

l'on me trouva — enfin — pleurant des larmes de honte
et de remords, caché sous la table de la salle à manger.
Mon repentir était sincère ; je fus pardonné. — Je conserve
cette première « note noire », à côté de ma première « note
dorée », dans une petite boîte, précieusement...

Souvenirs enfantins et souvenirs d'enfance ! Je les dois
aux maîtres vénérés de la Société de Marie, qui, sous la

direction de M. l'abbé Ernstberger, formaient nos jeunes intelligences, travaillaient à notre éducation morale. N'est-ce pas un devoir de leur adresser, aujourd'hui qu'ils ont été séparés de leurs chers élèves, un témoignage public d'affectueuse reconnaissance ?

Je ne saurais oublier les noms de M. Bernert, de M. Norbert, de M. l'abbé Mathon, notre cher aumônier. Non loin d'eux apparaît M. Wirth, très maigre, très grand, longues jambes et longs bras; il nous faisait l'effet d'un bon géant. Géant harmonieux, il était chargé de nous enseigner le solfège et le chant. Je le vois encore pinçant du pouce les cordes de son violon et scandant la mesure avec son pied, tandis qu'il allait et venait avec un dandinement rythmique.

Voici que doucement s'avance M. Mathieu, cheveux grisonnants, le regard modeste derrière ses lunettes, au menton une longue balafre. Pendant le temps de la retraite, c'est lui qui guide les premiers communiants. Presque aussi petit que les petits qu'il conduit, il marche en avant, le chapelet à la main, la calotte de velours noir sur la tête, et se retourne de temps en temps pour observer si l'ordre parfait règne dans le cortège. Satisfait de son coup d'œil, il poursuit son chemin et mène la pieuse théorie jusqu'à la chapelle, d'un pas lent et recueilli.

En septième, nous étions confiés pour la première fois aux soins de professeurs de l'Université. C'est avec M. de Renémesnil, maître si intelligent et si dévoué, que j'abordai la déclinaison de *Rosa*, la Rose, et la traduction

de l'*Epitome*. Vers le même temps je fis la connaissance de
M. Lemorge, déjà apprécié comme professeur, apprécié
plus encore depuis qu'il a pris en main la direction du
petit collège. En sixième, nous avions plaisir et profit à
recevoir l'enseignement si vivant de MM. Desrues, Dieux et
Hamel. C'est dans un même sentiment de reconnaissance
émue que je réunis ici leurs noms à ceux des maîtres de
la Société de Marie.

Parmi ces maîtres il en est un que nul de ses anciens
élèves n'a oublié. La Société de Marie l'avait jugé digne
de succéder, dans la direction du petit collège, à un éducateur aussi remarquable que M. l'abbé Boëhrer.

Alsacien, — ce qui nous le rendait plus cher encore,
s'il était possible, — M. l'abbé Ernstberger était merveil-
leusement doué pour remplir la tâche qui lui était confiée.
Abandonnant aux maîtres l'instruction proprement dite,
il se réservait l'œuvre de l'éducation. Dès la classe de
onzième nous le voyions souvent apparaître. Maigre, de
taille moyenne, d'allure distinguée, le visage pâle, la
physionomie toujours éclairée par un sourire très fin, il
respirait dans toute sa personne la douceur et la bonté, et
conquérait d'emblée l'affection de nos cœurs d'enfants. Il
nous suivait pas à pas, d'année en année, préparant et
fortifiant par ses conseils nos jeunes âmes, jusqu'au jour,
impatiemment attendu par lui et par nous, de la première
communion. C'est alors que dans la prédication et la
direction morale il pouvait déployer tout son zèle d'a-
pôtre. Pour ses premiers communiants il avait écrit un

manuel de catéchisme spécial, où il avait résumé les vérités de la religion, sans sécheresse, en les mettant à la
portée de notre intelligence. Pour eux encore il avait com-
posé un livre délicieux, intitulé : *Ma première communion.*
Ils sont nombreux les anciens de Stanislas qui ont conservé ce petit volume, fruit d'une longue expérience de
prêtre, où l'auteur a su marquer profondément l'empreinte de son âme délicate et pure.

Infatigable, il ne bornait pas son apostolat à la première
communion : lors même que ses jeunes élèves avaient
quitté le petit collège, il les suivait dans leurs années de
persévérance, d'abord pour les préparer à la confirmation,
pour les initier ensuite à la vie. Pendant dix années, il
remplit son ministère avec une inlassable activité, sans
ménager ses forces. Le jugeant fatigué, ses supérieurs esti-
mèrent qu'il lui fallait du repos. Il remit à son digne
successeur, M. l'abbé Schmitt, la direction du petit collège
et partit pour Bordeaux. Là, et plus tard à La Rochelle et à
Belfort, toujours zélé, il continua avec amour son œuvre
d'éducation des jeunes. Il n'oubliait pas cependant ses
anciens. Il échangeait avec eux une correspondance suivie,
et ne cessait de les guider, avec sa volonté droite et sa haute
intelligence. Aussi quelle ne fut pas sa joie, lorsqu'il fut
appelé — c'était quelques mois seulement avant sa mort —
à prêcher la retraite de la première communion dans son
cher petit collège Stanislas ! Il revint, et ses anciens purent
le revoir. Entouré par ses premiers communiants d'autrefois, fidèles à leur directeur, il se promenait dans le parc,

causant de chacun et rappelant les chères années de jadis : c'est là que nous l'avons vu pour la dernière fois. Moins d'un an après, épuisé par les fatigues de son ministère, affecté aussi par la menace de fermeture de l'établissement

LA COUR DE ONZIÈME

de Belfort, il rendait doucement à Dieu sa sainte âme de prêtre.

Dans son bureau du petit collège un tableau suspendu au mur attirait souvent mes regards : un jeune enfant cueille des fleurs au bord d'un précipice, tandis qu'un ange veille sur lui, et fait le geste de l'éloigner de l'endroit dangereux. Je ne sais pourquoi : mais c'est sous la figure de cet ange que mon imagination d'enfant se représentait toujours M. l'abbé Ernstberger. Il fut l'ange gardien de notre jeunesse reconnaissante. N'est-ce pas là le plus bel éloge qui puisse être fait de ce prêtre qui s'est voué à

21

la formation morale et religieuse des jeunes gens, et qui a consacré à cette tâche sublime toutes ses forces, toute son intelligence, toute sa vie ?

Souvenirs tristes, souvenirs joyeux, vous m'êtes également chers ! Égrenés ici au hasard de la plume, puissiez-vous faire revivre un moment, avec ses maîtres et son vénéré directeur, le petit collège Stanislas d'il y a dix ans !

PIERRE LAURENT.

.LA CRISE

LA RESTAURATION
DU COLLÈGE

(1902-1905)

Le dimanche 9 mars 1902 fut un jour de tristesse pour Stanislas. Élèves, professeurs, amis du collège, apprenaient, dans la soirée, qu'un vote de la Chambre des députés venait de rompre le pacte conclu en 1821 entre l'abbé Liautard et l'Université de

France. L'État ne prêterait plus désormais ses professeurs à des établissements ayant un caractère confessionnel. Le texte voté avait, en apparence, une portée générale : en réalité, il visait et frappait exclusivement Stanislas.

C'était un grave événement pour notre vieux collège, une perturbation profonde apportée dans son fonctionnement. L'Université assistait, de son côté, avec surprise, dirai-je avec mélancolie, à cette rupture qu'elle n'avait pas souhaitée : car nul dissentiment ne s'était élevé entre les deux conjoints qu'une volonté extérieure séparait brutalement; durant quatre-vingt-un ans, aucun nuage n'avait troublé leur union.

Le vote de la Chambre des députés fut ratifié par le Sénat, et, pour signifier que le divorce était bien accompli, le ministre de l'instruction publique décidait, en toute hâte, que les élèves de Stanislas ne participeraient plus aux luttes du concours général. Cette exclusion qui, presque à la fin de l'année scolaire, atteignait dans leurs légitimes espérances les écoliers, les professeurs et les parents, a vivement ému jusqu'aux plus indifférents. Le coup aurait paru moins cruel, si nous avions pu prévoir que, deux ans après, la vieille institution du concours général serait sacrifiée à la manie égalitaire !

Au cours de cet été de 1902, les événements politiques apportaient aux amis de Stanislas d'autres sujets d'inquiétude : l'existence des congrégations et associations religieuses vouées à l'enseignement paraissait menacée. Sans doute nous nous rassurions en songeant que la Société

de Marie avait été reconnue d'utilité publique en 1825,
qu'elle avait vécu au grand jour, traitant avec l'État et se
constituant un patrimoine avec l'agrément des pouvoirs

L'ABBÉ PAUTONNIER

publics. Il nous semblait aussi que ces excellents religieux, fils d'Alsace pour la plupart, exilés volontairement
de leur pays d'origine par amour pour la France, ne
pourraient pas être frappés d'ostracisme et condamnés à

un nouvel exil par des Français ! L'horizon était sombre, cependant, et plusieurs se demandaient ce qu'il adviendrait de Stanislas, s'il perdait à la fois ses professeurs universitaires et ses maîtres marianistes. Dans un tel désastre, d'où viendrait le salut? Quels seraient les ouvriers de la reconstruction nécessaire? La vieille maison créée par l'abbé Liautard, restaurée par l'abbé Lalanne et la Société de Marie, allait-elle donc périr dans la tourmente?

C'est à cette heure critique que Stanislas a trouvé dans l'attachement de ses anciens élèves un principe de vie. Des circonstances exceptionnelles imposaient aux anciens une tâche imprévue : il ne suffisait plus de se réunir dans des banquets et d'accorder des secours à des camarades malheureux. C'est au collège lui-même qu'il était urgent de porter secours; il s'agissait de le maintenir, coûte que coûte, avec son esprit, ses traditions, sa physionomie particulière, et cela pour le plus grand bien de la jeunesse française ! Cette tâche, les anciens élèves l'ont assumée et, avec la protection de Dieu, ils l'ont menée à bonne fin.

Dès le 13 juin 1902, nous nous réunissions, au nombre d'une trentaine, chez Albert Thiéblin, président de l'Association amicale, et le projet d'un groupement, d'une société civile destinée à louer ou à acheter le collège et à l'exploiter, était ébauché dans ses grandes lignes. Quelques semaines plus tard, Albert Thiéblin, présidant la distribution des prix, annonçait solennellement que

Stanislas ne périrait pas. « Les hommes peuvent changer, disait-il, l'œuvre demeurera, et nous, les anciens qui savons ce que nous devons à Stanislas, qui avons eu le bonheur d'y faire élever nos fils, qui avons la certitude d'y faire élever un jour nos petits-fils, nous nous unirons

LA COUR DE PHILOSOPHIE

aux pères de famille qui veulent assurer à leurs enfants une chrétienne et solide instruction, à nos amis, à tous les catholiques, nous sauverons l'âme de Stanislas et nous garderons sa vie intacte. Nous attacherons son sort à celui de la liberté en France et nous voulons qu'il vive autant qu'elle. »

Le programme était tracé : pour le réaliser, il fallait des capitaux et des dévouements. C'est au cours des mois

de novembre et de décembre 1902 que fut accompli ce
grand effort. Comment oublier les émotions, les incidents
de cette période fiévreuse et les graves décisions prises en
face du péril par des hommes résolus : sur un appel
adressé par le président, le secrétaire et le trésorier de
l'Association amicale, une première réunion dans la salle
d'Hulst ; puis, après quelques jours d'hésitation et d'incer-
titude, trois cents camarades réunis au gymnase, affir-
mant leur volonté de constituer une société anonyme
pour acquérir de la Société de Marie l'immeuble, le mobi-
lier et le titre du collège; les bulletins de souscription
arrivant chaque jour en grand nombre chez Maurice Poussielgue ; les visiteurs, anciens élèves, professeurs, pères
et mères de famille se pressant dans son bureau, et notre
infatigable trésorier donnant à chacun les renseignements
désirés, communiquant à tous l'espérance et l'entrain qui
l'animaient lui-même; enfin, un capital de deux millions
souscrit en quelques semaines !

Utiliser ce généreux élan, mettre sur pied une société
anonyme, passer les contrats d'acquisition, accepter la
conduite et la gestion d'une pareille entreprise, quelle
lourde tâche ! En vérité, en consentant à mettre au service
de Stanislas, dans ces graves conjonctures, leur capacité,
leur expérience des affaires et un dévouement sans
limites, les membres du premier conseil d'administration [1] ont acquis des titres tout particuliers à notre recon-

1. Ce premier conseil d'administration se composait de MM. Avril, Boudet, le
comte Éric de Dampierre, Maurice Gallet, Robert Linzeler, Paul Longuet, Albert
Malcilhacy, Pierre Morane, Maurice Poussielgue, Félix Sangnier.

naissance. A leur tête était M. Félix Sangnier, qui, pendant quelques mois, s'est dépensé tout entier pour le salut du collège.

La grosse difficulté était de trouver un directeur ; cha-

VESTIBULE DE LA CHAPELLE DU GRAND COLLÈGE

cun sentait que de ce choix dépendrait la fortune du collège reconstitué. Énergie et initiative, telles devaient être les qualités maîtresses de celui qui allait prendre le gouvernail. Pour conserver à la physionomie de Stanislas les deux traits distinctifs qui avaient assuré sa grandeur, il fallait à la fois un prêtre pieux, ayant la vocation de former des hommes, et un prêtre universitaire. L'abbé Pautonnier réunissait ces titres et ces qualités : prêtre séculier et

22

agrégé de l'Université, fidèlement attaché au collège où il avait achevé ses études et professé pendant vingt ans, il parut désigné pour être un chef et un éducateur, pour réparer les ruines et ramener la confiance. Cette mission si lourde et si belle, il ne l'avait pas souhaitée : devant les prières de ses camarades, il l'accepta avec courage et, se confiant en la Providence, il se mit à l'œuvre.

C'est le 1ᵉʳ mars 1903 que M. l'abbé Prudham lui remit la direction du collège. Peu de jours auparavant, le 25 février, les membres du comité de l'Association amicale étaient réunis dans le cabinet de M. Prudham pour lui dire adieu. Comment fixer avec des mots et des phrases les impressions de cette soirée, l'émotion qui nous étreignait, pendant qu'Albert Thiéblin offrait à celui qui allait partir le témoignage de notre reconnaissance, de notre affection et de nos regrets ! Comment exprimer le respect, l'admiration que nous ressentions pour ce religieux si maître de lui, qui acceptait la douloureuse épreuve avec douceur, sans une plainte ! Et pourtant, sur son visage presque souriant, nous surprîmes une larme au moment où il demandait à embrasser chacun de nous. Puis se ressaisissant, il prononça des paroles d'espérance et voulut boire avec nous au succès de l'abbé Pautonnier et à l'avenir du collège. Lorsque nous partîmes, silencieux, notre cœur débordait.

Chaque jour amenait de pénibles séparations. C'était un professeur de l'Université qu'une implacable mise en demeure contraignait à quitter sa chaire, ses élèves, ses amitiés. C'était un marianiste qui, devançant le terme fixé

VUE A VOL D'OISEAU DU COLLÈGE STANISLAS

par le gouvernement, rejoignait à l'étranger ses supérieurs
et ses frères. La fin du mois de juillet amena la date fatale
pour tous les membres de la Société de Marie qui étaient
restés dans la maison. L'abbé Pautonnier les réunit une
dernière fois, le soir de la distribution des prix, dans un
repas d'adieu. La table était dressée dans le réfectoire du
petit collège. Le jour s'éteignait; une indicible mélancolie
planait sur ces étranges agapes. Les vaillants religieux,
calmes et résolus, échangeaient d'affectueuses paroles avec
leurs successeurs, nouveaux venus inquiets et effarés.
Les toasts furent brefs; les discours eussent été superflus,
les cœurs battaient à l'unisson. Celui qui eut, ce jour-là,
l'honneur de représenter les anciens élèves se rappellera,
toute sa vie, cette scène saisissante dans sa simplicité.

Le lendemain s'ouvraient les vacances. Quelles vacances
pour le directeur et le conseil d'administration! Un double
personnel à remplacer ou du moins à compléter; l'infir-
merie privée de ses sœurs que la loi de 1901 venait atteindre jusque dans le collège; les chapelles brutalement
fermées ; enfin le liquidateur des Marianistes assignant la
Société propriétaire devant le juge des référés et deman-
dant tout simplement à s'emparer de l'immeuble : il fallait
faire face de tous les côtés à la fois! Pendant que le conseil
d'administration parait aux dangers extérieurs et assurait
la rentrée en signant avec le liquidateur, à titre d'expé-
dient, un bail qui ne compromettait aucun droit, l'abbé
Pautonnier reconstruisait, cellule par cellule, la ruche
presque détruite.

par le gouve... ... ... ses supérieurs
et ses frères ... ... la date fatale
pour leur ... ... Marie qui étaient
restés dans ... ... ver les réunit une
dernière fois ... ... de prix, dans un
repas d'adieu ... ... le réfectoire du
petit col... ... ... une maladive mélancolie
pour ... ... voyez. Les vaillants religieux,
... ... d'affectueuses paroles avec
... ... venus inquiets et effarés.
... ... les discours eussent été superflus,
... ... saison. Celui qui eut ce jour-là,
... ... les anciens élèves se rappellera,
... ... haute dans sa simplicité.
... ... Quelles vacances
... ... un double
... ... compléter. L'infir-
... ... que la loi de 1901 venait attein-
... collège; les chapelles brutalement
... ... liquidateur des Maristes assignant la
... ... devant le juge des référés et deman-
... ... l'immeuble; il fallait
... ... la loi. Pendant que le conseil
... ... dangers extérieurs et assurait
... ... liquidateur, à titre d'expé-
... ... mettait aucun droit, l'abbé
... ... cellule par cellule, la ruche
... ...

Collège Stanislas
centenaire
1804 - 1904

FRANÇAIS SANS PEUR
CHRÉTIEN SANS REPROCHE

PROGRAMME DE LA FÊTE DU CENTENAIRE

Composition de Job

Il la reconstruisait sur le plan primitif et réussissait à conserver à Stanislas son type original de collège universitaire et chrétien. Les laïques étaient remplacés par des laïques, les agrégés par des agrégés. Plusieurs, parmi les

LA PETITE GUERRE

anciens professeurs, acceptaient courageusement d'unir leur sort au nôtre, de confier leur vie à la barque de Stanislas. Les nouveaux possédaient les mêmes grades et offraient les mêmes garanties de capacité que leurs prédécesseurs. Stanislas restait, malgré tout, universitaire. En même temps, grâce à la bienveillante intervention du cardinal-archevêque de Paris et de quelques autres évêques, le directeur s'assurait le concours de prêtres dévoués et habitués à s'occuper de la jeunesse. Il obtenait aussi du curé de Notre-Dame-des-Champs, pour les offices religieux, une paternelle hospitalité.

Lorsque la rentrée se fit, aux premiers jours d'octobre 1903, le directeur avait donné la mesure de sa valeur. Sans doute, sa tâche était loin d'être achevée et les débuts de cette première année scolaire furent difficiles; par la force des choses, le personnel reconstitué manquait encore de cohésion et chacun avait à faire l'apprentissage de ses fonctions nouvelles. Néanmoins, il y eut tant de bonne volonté que l'année se termina heureusement. L'honneur en revient, pour une grande part, à nos jeunes camarades : ils ont compris que le bon renom et la fortune de Stanislas étaient, somme toute, entre leurs mains; ils se prêtèrent à la restauration d'une ferme discipline et reprirent les traditions de travail de leurs aînés.

Les succès remportés, en 1904, dans les concours d'admission aux grandes écoles récompensèrent tant de généreux efforts : Raymond Chabal, reçu premier à Polytechnique, Guy de Montcabrier, reçu second à Saint-Cyr, André Bordet, reçu second à l'École navale, prouvèrent que, dans le nouveau collège comme dans l'ancien, on savait enseigner et travailler.

En même temps, et presque à la veille de la distribution des prix, un important événement ramenait la sécurité et la confiance dans la vieille maison. Les procès avec le liquidateur de la Société de Marie étaient éteints et la pro-

priété de l'immeuble et du titre du collège, jusque-là
contestée, était définitivement consolidée sur la tête de la
Société immobilière et d'enseignement libre. En effet, le
conseil d'administration, dirigé par son nouveau président, le marquis de Ségur [1], et activement secondé par
l'amitié dévouée et clairvoyante de M² Pierre Péronne,
avait obtenu, d'accord avec le liquidateur, la mise en
vente immédiate des immeubles en un seul lot, sous
réserve des droits que la Société de Marie ou ses cession-
naires pourraient faire valoir sur le prix.

L'adjudication eut lieu devant le tribunal, le 23 juillet,
pour les immeubles de Paris ; la Société immobilière et
d'enseignement libre les acquit régulièrement. Les immeubles de Bellevue lui furent adjugés dans les mêmes
conditions, le 22 octobre.

C'est sous ces heureux auspices que s'est accomplie la
rentrée du mois d'octobre 1904. Peut-être serait-il téméraire de porter un jugement sur cette année scolaire qui
n'est pas encore entrée dans l'histoire. Qu'il nous suffise
de dire et de constater avec joie qu'après tant de secousses,
la vie intérieure du collège a repris son cours régulier ; et,
s'il est vrai que l'épreuve trempe les caractères, nous
aimons à penser que, de cette crise qui a suscité tant de
dévouements et qui a uni en un solide faisceau les anciens,

1. M. Félix Sangnier ayant dû résigner ses fonctions pour des raisons de santé,
le Conseil fit appel au dévouement du marquis de Ségur, ancien élève du collège
et neveu du saint prélat qui, pendant quinze années, exerça une si heureuse
influence sur la vie religieuse de Stanislas.

les pères de famille et les professeurs, Stanislas va sortir avec une vigueur nouvelle.

Tel est le vœu que forment, du fond du cœur, les anciens, en célébrant le centenaire du collège. Si le passé fut glorieux, l'avenir peut l'être encore. C'est à nos jeunes camarades qu'il appartient de réaliser ce souhait, avec l'aide de Dieu !

JOSEPH DELOM DE MÉZERAC.

TABLE DE GRAVURES [1]

---

1. Nous tenons à remercier MM. Pierre Petit, Vallois, Berthaud, Lévy, David, Lebert, Pirou, etc., qui ont bien voulu mettre à notre disposition leurs clichés pour l'illustration de ce volume.

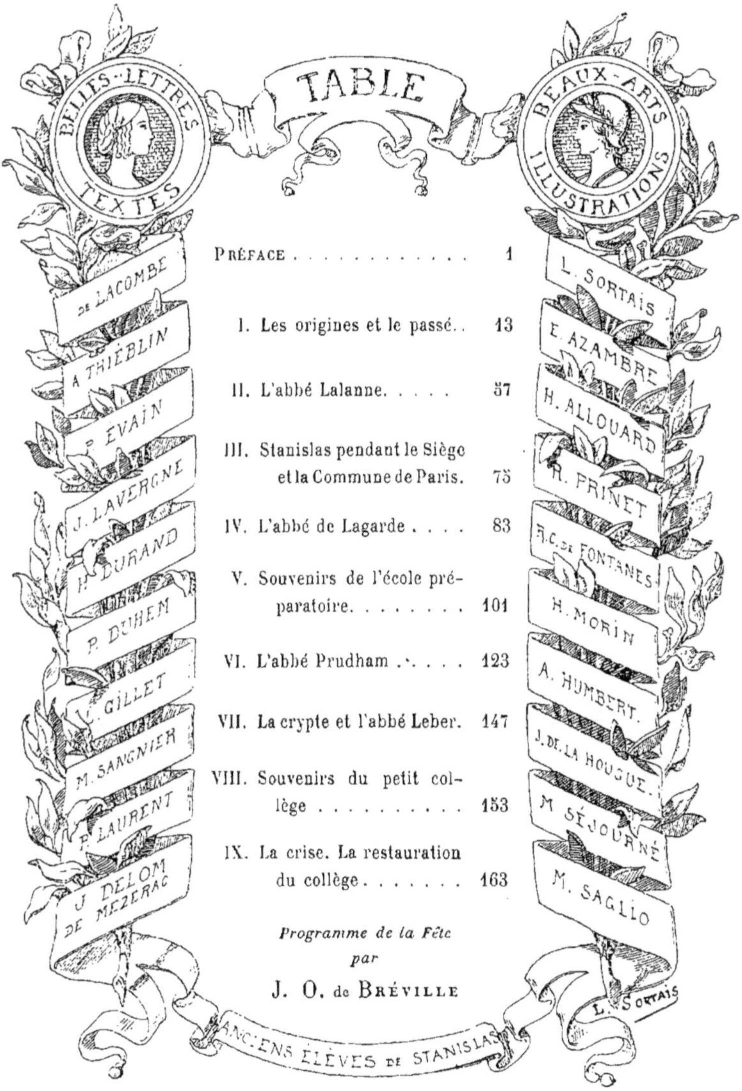

TABLE

DE LACOMBE
A. THIÉBLIN
P. EVAIN
J. LAVERGNE
H. DURAND
P. DUHEM
V. GILLET
M. SANGNIER
F. LAURENT
J. DELOM DE MEZERAC

L. SORTAIS
E. AZAMBRE
H. ALLOUARD
R. PRINET
R. C. DE FONTANES
H. MORIN
A. HUMBERT
J. DE LA HOUSSE
M. SÉJOURNÉ
M. SAGLIO

Programme de la Fête
par
J. O. de BRÉVILLE

ANCIENS ÉLÈVES DE STANISLAS

L. SORTAIS

Achevé d'imprimer
le 15 mai 1905
par L. Dujardin (tailles-douces),
J. Dumoulin (typographie) et L. Fernique (photogravure),
anciens élèves du collège Stanislas.

www.ingramcontent.com/pod-product-compliance
Lightning Source LLC
Chambersburg PA
CBHW061504030726
47503CB00005B/1812